Girl!?+
Senior High School
Student+
Skirt
=Gun!?

2

作／小鹿
繪／佩喵Peneko

天啊！這女?高中生×裙子底下有槍♂啊！

目錄

序章

半年前，一個渾身是血的人來到了左獨面前。
「聽說這裡……什麼都能換……」
左獨看著眼前的人，不知為何露出了愉快至極的笑容。
「是的，你想換什麼呢？」
「我想換……『我的人生』……」
「……人生，是嗎？」
「可以換嗎？」
「只要是『左』能達成的，這邊什麼都能更換。但是，必須先滿足一個條件。」
左獨轉著手指說道：
「你必須先擁有『舊的事物』。」
「…………」
「你以往的人生中什麼都沒有，那麼，你要拿什麼做為更換的代價呢？」
「我有……」
「嗯？」

「我……雖然沒有名字，也沒有自我，但在過往的人生中，我所擁有的唯一一項事物——」

「就是『恨著白色死神』。」

沐浴著鮮血的人抬起頭來，彷彿懇求一般地說道：

「這樣的我……有滿足更換人生的條件嗎？」

「當然可以。」

左獨點點頭，牽起面前之人的手。

「歡迎你來到『左』，我將賦予你嶄新的人生——」

「從今以後，你將不再以『無名』自稱。」

第一章
要是比狗還不如，當個隨扈可是活不下去的

剩餘報酬：89億

「表姊。」

我對著表面上面無表情，但實際上雙眼閃閃發光，心情很好的左歌問道：

「妳不覺得戀愛喜劇中的男主角都很混蛋嗎？」

「這個話題是怎麼回事？也太突然了吧。」

左歌微微歪著頭，露出疑惑的眼神。

她手裡拿著的是連我看到都會退避三舍的性感內衣。

這傢伙明明就完全沒勇氣穿，到底為何要一直買啊？還是其實購物本身就是目的？

「為了開後宮，這種作品的男主角都會裝作很遲鈍的模樣，假裝沒發現周遭女生的好感，妳不覺得這樣真的很過分嗎？」

「……你突然這麼認真探討漫畫作品是想做什麼？」

「因為這不合常理啊！」

我雙手抱著頭說道：

「吃飯時會找機會對你摟摟抱抱，還想親手夾菜餵你，每天早晚都傳訊息向你問

好，更別提那個明顯就是對你有好感的笑容，以及低頭害羞的模樣——再遲鈍的人都會發現對方的心意吧！」

「是是……這麼受班上男生歡迎真是太好了呢。」

左歌白了我一眼。

她大概以為我是在炫耀自己跟班上男生來往的情形。

大錯特錯。

我說的人正是她的大小姐——左櫻。

不知為何，她竟愛上了我假扮成的奈唯亞。

這實在太奇怪了！依照我之前設計的情境，她應該要愛上海溫才對啊！

而且，最糟糕的是，我根本無法將此事跟任何人說，就連一向對她不設防的左歌都不行。

「LS任務」的目的，是讓左櫻遠離戀愛。

但在左櫻已愛上他人的現在，「LS任務」早已瀕臨失敗。

——**「要是你任務失敗，那我就會傾盡『左』家的力量，讓你在生物學的定義上無法為男性。」**

左獨的威脅在我腦中浮現，就連我都不禁顫抖了一下。

必須想個辦法降低左櫻的好感度才行。

雖然不再是她的閨密後，可能會對「ＬＳ任務」造成妨礙。

但不管是多高昂的報酬，都不會比自己下半生的安危還重要——不對。

應該說不管是多高昂的報酬，都不會比自己「下半身」的安危還重要。

「表姊，我現在有一個非常重要的問題想問妳。」

「……你突然這麼慎重其事，感覺很可怕耶。」

「妳覺得一個女孩子，要怎麼樣才會打消對一個人的戀心呢？」

「嗯？我不是很明白你的問題，這是什麼意思？」

「簡單來說，若是我想要降低一個女生對我的好感度，我該怎麼做好呢？」

「什麼嘛，原來是這麼簡單的問題啊。」

左歌露出了「這有什麼好問」的表情。

雖然本來只是抱持著姑且一試的心態，但看到左歌那麼有自信的表情，讓我不禁也期待起她的答案了。

「女生討厭的東西有很多，但真要歸類，應該是『不潔』和『噁心』的事物。」

「嗯嗯。」

「比方說，多天不洗澡，看起來很骯髒和邋遢之類的。」

「這點我也明白，但是我做不到。」

「為什麼？」

「為了『ＬＳ任務』，我必須維持光鮮亮麗的外表，並藉此誘惑班上的男生。」

以迷戀之情當作枷鎖，我才能牢牢拴住這些男高中生，阻止他們對左櫻告白。

「所以，即使知道這麼做對降低他人好感度很有效，我也絕對不能從外貌上著手。」

「那從內在下手如何？」

「妳的意思是，當一個內在很噁心的人嗎？」

「是的，藉由談吐和行動，將自己包裝成一個價值觀偏差、所有人都敬而遠之的人渣──

「──就像是『白色死神』一樣。」

「……………………」

「也就是說，你即使什麼都不做也沒關係，不如說這樣更好。」

左歌雙手放到我的肩膀上，認真地說道：

「在讓他人討厭方面，你已經踏入誰都無法企及的領域了，你要對你自己的噁心有自信──不，不如說『噁心』這個名詞就等於是你這個人。」

這傢伙，說話越來越不客氣了。

我找機會一定好好整治她。

「不過話又說回來，你為何要問我這種問題？你是想讓誰討厭你？」

「我做個假設，這只是個假設，絕對不是真的喔。」

「這種刻意強調，感覺跟『這是我朋友發生的事』一樣具有真實性。」

「假設有一個女孩跟我朝夕相處。」

「嗯嗯，朝夕相處。」

「這個女孩跟我關係還算不錯。」

「嗯嗯，關係不錯。」

「然後她不知為何，最後竟愛上了身為奈唯亞的我。」

「嗯嗯，愛上了你。」

「而且這個當事人對此一點自覺都沒有。」

「我簡單歸納一下你剛剛的話，總之就是有一個女孩跟你朝夕相處，關係也不錯，最後不知為何愛上了你，而且對此一點自覺都沒有，是嗎？」

「是的。」

「嗯～～～綜合這些情況來看……」

左歌抱臂思考了一會兒後，點了點頭說道：

「你剛剛說的那個人——

「看起來應該是我。」

「…………………………」

左歌那過於愚蠢的自作多情，讓我震驚得完全說不出話來。

「原來如此，我都不知道呢，我已經在不自知的狀況下愛上了你——這怎麼可能啊！」

左歌激動地站起身，臉上面無表情的面具已幾近破裂。

「所以我才說你這個人噁心！竟然對我有這種誤會，再怎麼愛妄想也該有個限度吧！」

「……我才是作夢都沒想到，表姊竟會認為我剛剛是在說妳。」

「你到底是怎麼想的？竟然認為我對你的好感度高到需要降低？」

「我真心覺得表姊對我的好感度，就跟沒有錢的人拚命努力，卻想要在未來得到成功一樣。」

「什麼意思？」

「毫無意義。」

「……這是什麼腐敗至極的價值觀。」

傻眼的左歌搖了搖頭後，繼續說道：

「要是不清楚你本性的人，可能會在第一眼被你那光鮮亮麗的外表欺騙吧，但是我不同。」

「哪裡不同？」

「我太瞭解你這人有多差勁了，就算這個世界只剩下你，我也不會愛上你的。」

「呼～～」

我拍著胸口說道：

「那真是太好了。」

「——你為什麼要鬆一口氣！」

「咦？能從欲求不滿的猛獸嘴裡逃出生天，安心下來是很正常的吧？」

「誰是欲求不滿的野獸啊！」

「會藏上千本十八禁漫畫在天花板上的人，我認為已經不能稱之為人類了。」

那個過於龐大的收藏，已經重到讓天花板產生裂痕了。

「你是怎麼發現那些漫畫的——不對。」

滿頭冷汗的左歌，裝作面無表情地搖頭說道：

「我、我可是受過良好教養的淑女啊，那種什麼觸手PLAY，多人混戰和NTR的漫畫，才不是我的呢。」

「喔喔……妳還真是瞭解漫畫的內容啊。」

「我只是怕被你這種骯髒的男人襲擊，所以事前做了一些功課而已，怎麼可能對那些色色的東西有興趣呢。」

「（盯）」

「你那懷疑的眼神是怎麼回事？我可是大小姐的專屬女僕啊，正直、善良、純潔又無瑕，已經相當於是我這個人的代名詞了。」

這傢伙竟有臉說出這麼離譜的話。

我決定揭開她的假面具。

「表姊，試著想像一下一個畫面——」

「嗯？」

「在沒有人的學校保健室中，一對青梅竹馬走了進來，他們躺在同一張床上休息，此時，女高中生對男高中生說道：『今天好冷喔，你可以想辦法溫暖我一下嗎？』」

「嗯、嗯！」

聽到這樣的情境，左歌的雙眼放出光芒，不斷點頭。

「聽到這樣的請求，男高中生迅速地脫下身上的外套，因為是運動社團的人，貼身的襯衫上浮現出了經過鍛鍊的肌肉線條，他一邊解開襯衫的釦子，一邊靠近躺在床上的女高中生。」

「然後呢！然後呢！」

聽得專心無比的左歌，連自己的呼吸變得粗重都沒發覺。

「『我已經把門鎖好了，不會有任何人進來打擾喔。』——女高中生一邊這麼說，一邊用雙手摟住了男高中生的脖子，兩人擁抱在一起，緊密貼合的身軀，讓人感受到彼此的呼吸。」

「喔喔喔喔喔喔喔喔喔喔——」

「最後兩人都睡得不錯，精神飽滿地回家了。」

「…………………………………嗯？」

像是燃燒到一半被強迫熄滅，左歌露出了複雜的神情。

「有什麼不對嗎？表姊。」

「不、沒有問題。」

「高中生這麼健全真是太好了呢。」

「是啊，真、真是太好了。」

左歌咬牙說道：

「對於他們之後會做些什麼，我心中可是一點頭緒都沒有呢呢呢呢。」

那妳的聲音為何顫抖成這樣？一副拚命在忍耐什麼的樣子。

「在某個地方，有一位美麗動人的妻子——」

我豎起手指，開始了下一段故事。

「她的丈夫長久以來都在外地工作，獨守空閨的妻子一直感到寂寞難耐。但就在某天，這樣的孤獨突然有了轉機，她叫了外賣到自己家，卻赫然發現送貨員就是自己的初戀情人。」

「喔喔！這在某種題材中，可說是最為王道的發展！」

左歌的雙眼再度放出光芒！

「這麼久沒見了，初戀情人還是和以前一樣帥氣，心動的妻子不由自主地開了口，將初戀情人邀請進了自己的寢室，並讓初戀情人坐在自己和丈夫躺著的那張床上。此時，妻子不小心看到了床頭那張與丈夫的合照，被心中湧出的愧疚感所折磨的妻子，不由得伸出手去，將照片蓋了起來。」

「就是這個！我就是期待這種罪惡的情節！」

「『我真的好寂寞，已經再也無法忍受了，只要今天一晚就好，請你好好撫慰我吧。』——臉頰微微泛紅的妻子一邊這麼說，一邊握住了初戀情人的手。看著妻子那主動且露骨的表現，初戀情人也跟著興奮了起來，他輕輕摟了一下妻子，說道：『做好覺悟了吧？今晚可不會讓妳睡喔。』」

「喔喔——喔嗚欸欸喔喔耶嗚啊喔——————！」

左歌發出了彷彿野獸的不明叫聲，連自己嘴邊流出口水都不自知。

「最後，兩人通宵玩了一整晚的電動，結束。」

「…………………………………………」

就像突然被凍結，左歌一動也不動。

「怎麼了？」

「……還問怎麼了？」

不斷輕微顫抖，恍若毒癮發作的左歌說道：

「就這樣……？就只有這樣而已？」

「剛剛的故事對沒有欲求不滿的表姊來說，有什麼問題嗎？」

「當、當然沒有——」

「正直、善良和純潔無瑕不是妳的代名詞嗎？那這樣的故事應該正中妳的下懷吧？」

「對、對、對哈哈哈哈哈哈——」

「完全沒有色的發展，真是太好了呢。」

「真的很棒，對——應該要很棒的啊——」

再也忍不住的左歌雙手抱著頭，以驚人的氣勢跪下喊道：

「可是這種、這種彷彿即將達到最高點，卻一口氣冷下來的感覺也太讓人受不了吧——嗚啊啊啊啊啊啊啊啊！」

在地上縮成一團的她身體不斷抽搐、扭動。

坦白說，這模樣讓人看了覺得很噁心。

不過，即使如此，她也是左櫻的專屬女僕。

「對了……原來是這樣啊。」

我終於找到了問題的根源。

左櫻之所以會對我有好感，並不是因為奈唯亞是多好的人。

單純是因為她的世界太狹隘了。

在孤獨的十年中，奈唯亞是第一個闖入她生活中的人。

所以她才會將我視為特別的事物。

「所以，只要擴展她的世界就好。」

讓她認識更多人吧。

這樣她遲早會意識到，奈唯亞只是眾多人類中的一人。

即使擁有白色死神之名，仍不值得被特殊對待。

隔日。

「表姊。」

在和左櫻進行慣例的午餐會前，我和左歌躲在進入屋頂前的轉角。

「計畫就是這樣，明白了嗎？」

「別說得好像已經說明完畢的模樣，你根本就一個字都沒說啊。」

「非得別人說得清清楚楚妳才懂嗎！妳都已經當我的副手多久了？已經不是新人了吧！」

「為何要用不可理喻的上司口吻——不對，這傢伙確實是個混帳長官沒錯。」

「總之，這個計畫需要表姊的協助。」

「到底是什麼計畫？」

「別擔心，很簡單，簡單到就連表姊這種程度的人都能做到，不覺得簡單到很厲害嗎？」

「你這是向人拜託的態度？」

「聽好囉，計畫是這樣的，首先我跟左櫻進行慣例的午餐會。」

「嗯嗯。」

「然後妳再闖進來。」

「嗯嗯。」

「接著再向左櫻告白。」

「嗯嗯————給我等一下！」

「怎麼了？」

「差點就被你自然的口吻給蒙混過去了，這發展也太突兀了吧？為何會突然要我跟大小姐告白？」

「妳討厭左櫻嗎？」

「不、這倒也不是——」

「喜歡還是討厭？」

「真要說的話，那當然是喜歡。」

「那不就好了。」

我露出希望她鼓起勇氣的笑容說道：

「去告白吧。」

「這結論很奇怪！」

「我認為左櫻接受的可能性十分高喔。」

「我不是在擔心這個——不對，若真的接受了反而讓人擔心吧！」

左歌雙手抱著頭，雙眼因為混亂而變成螺旋狀。

「雖然我很喜歡百合，但現實中的百合我沒嘗試過啊？不對不對——我第一次戀愛的對象已經決定了，我只要那種普通的……長得高長得帥家世好錢又多的那種普通男人。」

「……這到底哪裡普通了？」

「這很普通！一般女孩子在沒談戀愛前，都以為初戀會碰到這種男生啊！」

「天啊，好有道理。」

左歌說出了彷彿我會說的臺詞，這傢伙某方面果然跟我很像。

「好，既然表姊準備好了，那就上囉。」

我伸出手去，握住左櫻已經事先解鎖的屋頂門把。

「等、等一下，我什麼時候答應你了！」

「表姊答不答應……跟我要不要實行計畫有關係嗎？」

「你這混蛋啊啊啊啊啊————！」

不顧身後的慘叫，我推開了屋頂的門。

我並不是為了惡整左歌，才定了這個計畫的。

——滋～

雖然左櫻跟班上的同學最近關係好了點，但一口氣就要她跟所有人要好，這個困難度也太高了。

——滋～～滋～～

我們必須先從她熟悉的人開始，一步一步地擴展她的世界。

最適合的人選，就是跟在她身邊已經十多年的專屬女僕，左歌。

——滋～～滋～～滋～～

她們兩人之間的關係，因為「魔法」的關係凍結了十年。

只要左歌願意坦率地將自己對左櫻的心意說出來，那他們一定能變得更為要好。

「今天的午餐是鰻魚飯！」

——不過那些事情都無所謂了。

「這是我凌晨起床，去魚市場購買海水鰻，泡酒進行宰殺接著再仔細處理內臟後的高級鰻魚。」

左櫻以石製爐灶燒烤著塗滿醬汁的鰻魚，強烈的香氣瀰漫整個屋頂。

「為了確保奈唯亞享受到食材的最佳風味，必須使用高級炭火燒炙一小時左右，不好意思要請妳再稍等一下了。」

「我等，不管多久我都等。」

畢竟那可是現烤鰻魚啊。

這已經完全跳脫同學一起開午餐會的等級了。

在「聖誕祭」中，我和無名的戰鬥，將二年級的校舍燒毀了。

不過「左」可能預想到左櫻的魔法遲早會引來這樣的意外，他們在約莫五百公尺遠的地方，事先準備了一棟幾乎一模一樣的大樓，讓所有二年級學生可以馬上去那邊上課。

真是不可思議，明明引起了這麼大騷動，最終卻什麼都沒改變。

平穩的日常不斷持續，我和左櫻在屋頂的午餐會也依舊每天舉行。

「好了！」

左櫻抹了抹額頭的汗水，將鰻魚盛到了木漆餐盒中的白飯上。

魚肉和醬汁混合而成的灼熱液體融入了白飯中，散發出更為驚人的香味。

「我開動了。」

左櫻的料理手段依舊高超，吃著手中的鰻魚飯，讓我深知「舌頭幾乎要融化」並不只是一種形容詞而已。

「哈、哈……」

左歌趴在門外，以羨慕的眼光看著這一切，嘴巴流出來的口水多到都在地上形成一個小水窪了。

「現在還不是時候，總之等我們吃完再出來吧。」

我將聲音捻細，傳到她的耳中，她露出了世界末日到來一般的表情。

開什麼玩笑，要是妳現在出現，導致我吃的量變少怎麼辦。

「奈唯亞，飯吃完後還有饅魚內臟熬成的高湯喔。」

左櫻打開微波爐，將陶碗放了進去。

「我幫妳熱一下。」

就像沙漠化一樣，屋頂的生活化也持續進行。

不但火災發生前的家具一個都沒少，還開始多了各式各樣的大型家電，例如電鍋、烤箱、小冰箱之類的。

看得出來左櫻為了舒適度費盡巧思。

「對了。」

左櫻一邊盯著微波爐，一邊裝作若無其事地說道：

「最近我準備了一張雙人床，準備擺在這邊。」

「床？放在屋頂？」

「是啊，有備無患總是好的。」

妳是為什麼做準備？

「而且……是雙人床，不是單人床？」

「是啊，床大一點，有備無患總是好的。」

所以說，妳到底是為了什麼做準備。

「事實上，它已經在這邊了。」

左櫻走到水塔的另一側，指著不知何時放在那邊的雙人床。

這不叫準備，這叫完成。

「這樣之後奈唯亞若是想要休息，隨時都有地方喔，而且——」

左櫻整個人撲到了柔軟的床上，就像小孩子一般跳啊跳的。

「嘿嘿～～一直想這麼做一次看看呢。」

「左櫻大人剛說的有備無患，該不會是——」

「嗯，就是這個。」

體型本來就嬌小的左櫻不斷在空中飛舞，露出了燦爛的笑容說道：

「『左』的家教很嚴，在家根本就無法這樣喧鬧呢。」

跟我原本想的骯髒企圖不一樣。

左櫻歡笑的模樣無邪又天真，連我都有一瞬間被其吸引。

「不行……」

不能讓這樣的好氣氛繼續下去了。

是時候該投入最終兵器左歌了。

只要她出現，想必就能毀掉這一切吧。

「奈唯亞，鰻魚飯還有一些，需要再幫妳添點嗎？」

「好～～」

算了，還是再等一下吧。

等到把所有食材吃得一乾二淨後再叫左歌出來——

「咦？」

走下床去拿鰻魚飯的左櫻，突然發出了驚訝的聲音，就像是看到了什麼出人意料的事物後發出了驚呼。

擔心她可能遇到什麼危險，我趕緊跟了上去。

「……………………」

當看到站在我們面前的人是誰後，我不禁雙手摀著臉，一句話都說不出來。

「嗚……我、我……嗚——」

臉頰宛如倉鼠一般鼓起來的左歌，連一句完整的話都說不清楚。

可能是太急著要吃吧？她連筷子都不用，就直接用雙手抓著鰻魚吃了起來。

雖然拚盡全力維持平常的面無表情，但面對我和左櫻的目光，她的臉瞬間變得通紅，身體也因為過於恥辱而不斷顫抖。

這最終兵器真是厲害啊。

竟連自己都爆破了。

「奈唯亞，雖然她是妳的表姊，但還是慎重地再跟妳介紹一次。」

左櫻向站在她身後的左歌平伸手掌說道：

「這人是從小就一直跟著我的專屬女僕，左歌。」

「奈唯亞你好。」

左歌向我行了一個再標準不過的禮。

看來她就算再怎麼無可救藥，這種公開場合該盡的禮儀還是沒問題的。

「……………」

但是在打完招呼後，我們三人陷入了誰都不說話的沉默中。

這也是當然的。

左櫻是個與人交際有障礙的人，至於左歌則偷吃了主人親手做的鰻魚飯，顯示出自己是個腦袋有障礙的人。

「左櫻大人。」

為了讓她們的感情加溫，達成原本的目的，我率先開啟了話題：

「奈唯亞平常看不到表姊的另一面，她在做女僕時是什麼感覺呢？」

「什麼感覺嗎……」

左櫻手指抵著嘴巴思考了一會兒後，緩緩說道：

「真要說的話……大概就是個完美的存在吧。」

「哈哈哈哈哈——」

我忍不住拍手大笑道：

「啊哈哈哈哈哈哈哈哈哈——————！」

「……奈唯亞妳怎麼了？突然笑成這樣。」

「嗯？這裡難道不是該笑的地方嗎？」

「我剛剛說的話，有哪裡好笑嗎？」

看著左櫻皺眉歪頭的疑惑表情，我才驚覺我把事情搞砸了。

「等一下，所以剛剛左櫻大人說的……難道是真的嗎？」

「當然是真的啊。」

左櫻認真地點了點頭說道：

「左歌是個很完美的人，不管做什麼都很厲害。」

「…………………」

震驚的我趕緊把左歌拉到一旁！

「表姊，妳到底做了什麼！就算再迷糊也不能在左櫻的飯裡下迷藥啊！」

「你這反應有夠失禮，第一瞬間的反應竟是覺得我對她下藥。」

左歌撥了撥頭髮，裝模作樣地說道：

「說不定我深藏不露，而你只是不知道我的厲害而已。」

「妳再無恥也該有個限度！不要順著人家的幻覺，誤以為自己其實是個很好的人！」

「……這句話好熟悉，這不是我曾經跟你說過的話嗎？」

「真是可憐的孩子，原來生活的世界太小就會變這樣嗎？就連人渣都有可能會對其起好感。」

「嗯嗯，真的，大小姐盡是對人渣起好感呢。」

不知為何，左歌看著我連連點頭。

「所以，到底為何左櫻會對妳有這種嚴重的誤會呢？」

「我的年紀比她大了一點，所以小時候一直被她當作姊姊仰慕。」

「不過那也只是小時候的事吧？」

「但沒過多久，『魔法意外』就發生了。」

左歌輕嘆一口氣：

「大小姐再也不接近他人，我們之間僅剩下公事性的對談，就像是陌生人一般待在彼此身邊。」

「也就是說，小時候的印象，一直殘留到了現在？」

「正是如此沒錯。」

兩人的時間，就像被「魔法」凍結，停滯在了十年前。

「但這些年來，就算沒什麼對話，妳也一直待在她身邊吧？她怎麼可能沒有發現妳的真面目呢？」

「因為我盡全力逞強了。」

「…………」

「不會做飯也沒關係，至少端給大小姐的那幾道料理要做得美味；不會打掃也沒關係，至少大小姐經過的地方要掃到一塵不染。我付出了全部的努力，只為了能在左櫻面前的那一點點時間，表現出光鮮亮麗的一面。」

「是為了自己的面子嗎？」

「才不是呢。」

左歌搖搖頭後說道：

「我只是想在別人問起時，能自豪地這麼說——」

「不管是怎樣的工作，我都會拚了命地完成。」

——任務達成率百分之百。

左歌在說這句話時的身影，一瞬間讓我有了看到自己的錯覺。

確實是如此呢。

不管多麼勉強——不管被安上了怎樣不合理的工作。

儘管一開始滿嘴抱怨，但最後她還是會咬牙完成。

「畢竟……」

左歌臉微微別過去，有些不好意思地說道：

「要是連這點自傲都不剩，那我就真的如你所說，只是個無可救藥的人了。」

謹守著唯一的戒條，為的只是不讓自己迷失。

就像是——

——即使有傭兵、小偷、殺手等那麼多可以賺大錢的職業，我最終還是選擇了隨扈。

——這一切都是因為，不管我做盡多少的惡事，那都是為了保護一個人而做的努力。

「真是令人不爽啊……」

竟連這種地方，都跟我是一樣的。

「你們兩個在說什麼呢？」

左櫻好奇地湊上來，我們趕緊裝作什麼事都沒有地分開。

「嗯……？」

左櫻先是愣了一下，接著像是意會到什麼，著急地說道：

「你們該不會是在說我的壞話吧！」

「…………」

不愧是交際障礙，這人也對自己太沒自信了。

「雖然我知道我完全比不上左歌，但也不能拿她當作要求我的標準啊。」

左櫻雙手握著小小的拳頭，有些激動地上下晃動說道：

「這樣對我太不公平了。」

「……確實是不公平，畢竟正數和負數打從一開始就不站在同一個舞臺上。」

「沒想到跟左歌一比，我不過是負數而已嗎？」

「不，左櫻大人，我剛說的負數並不是——」

「大小姐。」

左歌打斷我的話說道：

「只要拚死努力，遲早妳也會達到我這樣的境界的。」

「妳竟然有臉這麼說啊！」

「注視著我的背影前行吧。」

「是的，左歌，我會以妳為榜樣而努力的。」

沒救了。

這對主僕沒救了。

不管是雙眼閃爍崇拜光芒的左櫻，還是擺出一副了不起模樣的左歌都沒救了。

「我相信前十年，左歌之所以不願意說話，一定是因為看不慣我的沒用吧。」

「不，這倒不是——」

「不過現在已不一樣了。」

左櫻揮舞著左手，我以海溫身分送給她的手環隨風搖曳。

「我已經對自己下了決心，也找到了自己該做的事。」

「左櫻大人……？」

「左歌，請妳見證我的決心和我隱藏了十年的祕密吧。」

左櫻拿起了一直隨身攜帶的魔杖，向我們笑道：

「我會魔法，我是個魔法使。」

雖然我和左歌早就知道此事。

但她突如其來的告白，還是讓我們震驚無比。

因為「魔法」，左櫻將自己困在孤獨的牢獄中十年。

但她現在，卻選擇毫不隱瞞地說了出來？

「很難以置信吧？」

誤會我們震驚的理由，左櫻將魔杖舉高說道：

「但我現在就證明給你們看，我的魔法，甚至連天空的大氣都能改變。」

設在「左」本家的竊聽器，突然傳來了強烈的警報聲。

——**Emergency！Emergency！**

耳朵中傳來了「親衛隊」慌亂的腳步聲。

——**再強調一次，這不是演習！這不是演習！所有人十秒之內就定位！**

「辰星在上，以六為數，奉北為方，玄冥玄武聽我號令——」

左櫻頭上的櫻花髮飾，發出了熾烈的光芒！

「『喚雲術』！」

——所有噴射機準備完成！升空——升空！

「天空的雲啊，聽我號令，排列成我想要的形狀！」

眼前的左櫻映照著冬日的太陽，彷彿在閃閃發光。

但我看到了，蔚藍的天空中，五架噴射機著急萬分地在天空中螺旋升空。

——陣形保持好！看準左櫻大人的手勢！

左櫻揮舞著魔杖，寫出她想要的字。

——隊長！迴轉的角度太劇烈，我快吐了！

——撐住！不管怎麼樣都給我撐住！這可是最優先任務啊！

噴射機順著左櫻的手勢在天空迴旋，同時在尾端留下了飛機雲。

原來如此。

藉著引擎排出的水蒸氣所形成的可見雲這麼做，看起來就像是左櫻操縱了天空的雲，來重現魔杖畫出來的字——

「啊，抱歉，寫錯了。」

——**隊長！左櫻大人重寫了！**

——**回到原本位置！全員在一秒內回到原本位置！**

——**隊長，這不可能！引擎因為過度運轉冒煙了！請求支援！快請求支援啊！**

「為了不寫錯，這次慢慢來……」

——**減速！減速！**

——**全員停在空中，像是定格在空中一般給我停下來！**

——**隊長！這比全速前進還困難啊！我要失速了，我要失速下墜了啊啊啊啊————！**

「最後的英文字，不間斷的連筆寫完！」

——**180度、270度、360度翻轉完，接著是540度三圈——總之一直翻就對了，不管角度多大，不管連續幾圈都給我翻過去！**

——**啊啊啊啊救命啊啊啊啊！**

——**快結束了！拿出意志力來！這個地獄就快結束了——**

「最後再加個表情符號。」

——隊、隊長……請你轉達我的家人，我永遠愛他們……

——你可以的！想想你當初進親衛隊的誓言，你是為了什麼才撐過地獄般的訓練的！

——對啊！我撐過這麼辛苦的訓練到底是為了什麼！為了什麼啊啊啊啊啊——咻！

砰！轟隆！

「…………」

耳中傳來了某種東西爆炸的聲音。

我抬頭一看，結果發現在飛機雲的最尾端，好像煙火一樣綻放了一朵煙花。

該怎麼說呢……

親衛隊，也是頗辛苦的嘛……

「這就是我一直以來想跟左歌妳說的話。」

沒有發現這一切的左櫻張著雙手，她背後的天空中，有著無數人的血淚凝結而成的飛機雲大字。

——左歌，thanks（笑臉）！

「大小姐……」

深受感動的左歌鼻頭一酸，似乎就要落下淚來。

但可能是想在她面前維持完美的形象，她握拳強制忍住了在眼眶中打轉的眼淚。

我本希望左歌主動告白，但沒想到的是左櫻竟率先採取了行動。

「抱歉，過去的我如此沒用。」

左櫻緩步走到了左歌面前。

「過於膽小的我，因為這份『魔法』遠離了他人十年，但接著我想要好好面對自己和他人。」

左櫻朝我的方向看了一眼，露出笑容道：

「我想證明，我的魔法是可以帶給他人幸福的存在。」

「……」

「所以，從告訴妳自己的真面目開始吧。」

左櫻輕輕擁住了左歌。

「之後，我會努力的——」

「我會努力成為，像妳和奈唯亞這麼好的人。」

「嗚……」

再也忍不住的左歌，雙眼不斷地浮出淚水。

「我也是、我也是……承蒙妳不嫌棄……」

左歌回擁著左櫻，哽咽地說道：

「大小姐……我這邊才是——之後請妳多多指教……」

在一旁看著相擁的兩人，我彷彿看到了停止的時間，再度開始運轉起來。

此時，左櫻迎上了我的目光。

「啊啊……」

總覺得……

事情變得越來越糟糕了。

她的眼神中，對我有著深深的感謝。

——都是因為有了妳，我才能跟左歌重歸於好。

她的眼神，蘊含著這樣的謝意。

當發現我一直盯著她看時，她滿臉通紅地低下頭去。

「我的天啊……」

她對我的愛戀之情，似乎又變得更深了。

當日，放學後。

「奈唯亞這個人，就這麼讓人難以討厭嗎？」

「……」

「原來太過漂亮可愛也是一種罪過，奈唯亞好恨自己的天生麗質。」

「……。」

「要是奈唯亞不是如此完美的存在就好了。」

「……。」

女服務生在此時遞上了紅茶杯。

我面前的白鳴鏡舉起杯子輕啜了一口，露出了尷尬又不失禮的微笑。

雖然臉上寫滿「奈唯亞原本是這種個性？」的疑惑，但他還是一句話都沒有吐槽我。

這些日子和白鳴鏡的相處，讓我對他的瞭解又更深了。

他總是默默地觀察周遭的事情，就算有什麼想法，也會習慣性地埋在心中，並在表面上露出溫和的微笑。

不隨便話人長短，也鮮少有衝動性的行為。

就是因為這種適合擔當聆聽者的個性，才使得他在班上人緣這麼好，被推舉為班長。

雖然他和左歌是完全不同類型的人，但依照我的判斷，就算稍微表露一點本性在他面前也不成問題。

「雖然不知道妳在煩惱什麼。」

白鳴鏡放下茶杯，露出了平常的微笑說道：

「能長得這麼漂亮不是一件好事嗎？」

「鳴鏡學長真的這麼覺得嗎？」

「當然啊，我不知道在一般人眼中奈唯亞算不算漂亮，不過——」

白鳴鏡放下手中的紅茶杯，露出真誠的笑容說道：

「至少在我眼中，奈唯亞是個驚人的美女。」

「……」

「可以和這麼漂亮的人成為朋友，一直是我引以為傲的一件事。」

這傢伙是怎麼自然地將這麼羞人的臺詞說出口的？

要是我是普通的女生，或許早就淪陷了吧。

「鳴鏡學長，奈唯亞的煩惱並不是今天的重點吧？」

我放下手中的第十塊金箔巧克力蛋糕，問道：

「特地找我來這間咖啡廳碰面，是為什麼呢？」

不同於每天會和左櫻舉辦的午餐會，白鳴鏡只有在有事時才會和我約會。

「第一個目的，是補償上次被『無名』中斷的約會。」

我大概也猜到了，所以才這麼努力的一直吃著甜點，而且還挑最貴的品項。

「至於第二個目的……才是今天的正題。」

雖然臉上依然帶著微笑，但圍繞在白鳴鏡周邊的氣息猛然緊縮，讓人感受到壓迫。

「我認為上次『聖誕祭』的事，其實還沒有結束。」

「怎麼說？」

「左」的敵人——「右」在「聖誕祭」時策劃了一起大型暗殺計畫。

他們打算殺掉左獨後，再由無名假扮成的左櫻，神不知鬼不覺地繼承「左」，奪取「左」的全部，不過這樣的陰謀最後被我所阻止就是了。

「我記得那時是奈唯亞打敗無名的，對吧？」

「是啊。」

「但事後的目擊情報卻指出，不少人看到左櫻小姐和『某位男性』在天空進行空中漫步，那麼，那位男性是誰呢？」

「不知道呢。」

我裝傻地搖了搖頭道：

「在打敗無名後，奈唯亞就力竭倒下了。」

「也就是說，那名神祕男子不但在火場中救了妳，還救了左櫻小姐嗎？」

「大概就是如此吧，那個人真是太棒了。長得帥氣個性又好，簡直是堪稱神明的完美存在，一看就知道未來會賺大錢。」

「……奈唯亞對他的評價也太高了吧？」

「不不不，這完全是正常評價，不如說這樣的評價還太低呢。」

「我覺得連面都沒見過，就對一個人有著過高的評價是不好的喔。」

「你大概是全世界最沒資格說這句話的人。」

「嗯？什麼意思？」

「沒事……」

「那個神祕男人的事先擱在一邊吧。」

白鳴鏡沒有發現我們正在討論他朝思暮想的偶像，就這樣轉向了別的話題。

「在事件的最後，『無名』從頂樓墜落，但不管我們親衛隊怎麼搜索，都沒發現任何與他有關的蛛絲馬跡。」

這也是當然的。

他可是個敢冒充白色死神的專業人士耶，怎麼可能這麼簡單就被你們察覺蹤跡呢。

「為了追查他究竟逃往何方，親衛隊調閱了那附近的監視攝影機、行車紀錄器，甚至連圍觀群眾的手機影片都盡量要來了。」

白鳴鏡眉頭突然皺了起來。

「可是不知為何，那些影片全都被一個巨大的音符擋住，看起來像是什麼人的代表記號。」

「大概是有人刻意進行妨礙吧。」

我裝作和我無關一般隨意說道。

事實上，這都是我做的手腳。

在衝進校內前，我就製作了電子病毒，感染了那段時間正在拍攝的電子儀器。

畢竟那時我就已經計畫會以海溫的模樣和左櫻在天空漫步。

我還不想這麼快就讓白色死神的長相廣為流傳。

要是連這點防備意識都沒有，當個隨扈可是活不下去的。

「但是，在眾多毀掉的影像中，還是有倖存的唯一一點畫面。」

「當天新聞所拍攝到的畫面，對吧？」

因為必須利用「聖誕祭」的奇蹟才能完美解決這起事件。

所以我刻意地留下一個影片給當地的新聞電臺，不過那是已經模糊過我身影的特別版本。

「這個影片，讓我們發現了無名究竟跑到何方。」

「喔？怎麼做到的？」

那個影片我已看過無數次，裡頭並沒有拍到無名啊？

「將所有在場人類的瞳孔放大，然後仔細檢視眼睛內的反射畫面。」

白鳴鏡輕敲胸前的「左」之徽章笑道：

「這樣，不就是平白多了好幾百個攝影機嗎？」

「……」

看來左家的親衛隊也不是尋常人物，之後若與他們為敵，可要更小心一點。

「不過古怪的是，無名最後的身影，消失在一個奇異的地方。」

「嗯，等一下，讓奈唯亞猜猜。」

我伸出手，阻止了白鳴鏡繼續說下去。

「無名最後消失的地方，應該是五色高中內，對吧？」

「——！」

聽到我這麼說，白鳴鏡露出了震驚至極的表情。

見他這個表情，我就知道我說對了。

「妳怎麼會知道？」

「這個嘛……」

無名對白色死神有著非常強烈的執著。

他不只盡力複製了我所掌握的技能，最後甚至化妝成了我的模樣。

所以要預測他的行動很簡單。

只要想想我自己會怎麼做就好了。

若是我的話，一定會躲在左最意想不到的地方，並趁著敵人鬆懈時，一舉逆轉戰局。

不過我腦中的這些推論可不能跟白鳴鏡說。

「若是親衛隊查到了無名的所在，想必一定早就將他抓起來了。但從你今天特地找奈唯亞約會這事來看，你們很顯然是找不到他。」

事實上，就算我不用代入思考這招，白鳴鏡也給了足夠的線索，足以讓我拼湊出真相。

「但若只是找不到他，根本不用找奈唯亞諮商。」

左獨統治的雙之島上，有著完備的警政系統，與其找我，不如跟島上的警察合作更好。

「那麼，這麼做的理由只可能有一個吧？」

我吸了一口冰拿鐵後，晃了晃外壁結冰的飲料杯說道：

「因為我是五色高中的學生。」

「……」

「從這點推論，無名想必是跑到校內躲了起來。」

「…………」

「因為是躲在五色高中內，也不能大張旗鼓地搜索，陷入困境的親衛隊於是派鳴鏡學長來和奈唯亞商量，看身為外來人士又是聖誕祭當事人的我，有沒有什麼好方法解決這個困境，對吧？」

「……真是驚人。」

白鳴鏡以敬佩的眼神看著我說道：

「竟然僅憑三言兩語，就推論到這種地步。」

「畢竟做我們這行的，頭腦停止運作就等於是死亡啊。」

真正厲害的人，並不是實力高超的人。

而是不管面臨什麼樣的絕境都活得下去的人。

「我本來以為自己已經有所不同了，但認識奈唯亞越深，越明白我和妳之間的差距有多大。」

白鳴鏡嘆了口氣。

「連妳都比不上了，看來我和白色死神之間的距離，比我想像中的還要遠。」

不，其實不遠喔。

具體來說，大概就是一張桌子那麼遠。

「親衛隊初步推測，可以化裝成任何人的無名或許是監禁了某位學生，然後假扮成他的模樣。」

白鳴鏡皺了皺眉說道：

「所以，我們調查了近期無故缺席或是行動可疑的學生。」

「但依舊一無所獲？」

「沒錯，無名就像是憑空從五色高中消失了，對於這狀況，奈唯亞妳怎麼看？」

「嗯……」

我閉上雙眼，抱臂沉思。

若是我的話，會怎麼做？

在「聖誕祭」的暗殺計畫進行前，我就會將失敗的可能性納入考量，預先幫自己留下退路。

怎麼樣的退路是絕對萬無一失的呢？

時間在我思考時不斷流逝，飲料杯的冰塊因為融化而發出了「叮咚」聲響。

「原來如此啊。」

過了不知多久後，想通的我睜開雙眼說道：

「他並不是假扮某位學生，因為這樣風險實在太大。」

監禁一個人有太多不可控制的要素在，而且若是對偽裝對象不夠瞭解，一定會在日常生活時露出破綻。

「所以，這情況只有一種可能——」

「無名他打從一開始，就是五色高中的學生。」

——砰咚！

聽到我這麼說，白鳴鏡因為過度驚訝而站起身來。

他那突然的舉動引來了咖啡廳所有人的注目，但激動的他無暇去注意此事。

「無名原本就是校內的學生？」

幾滴冷汗從白鳴鏡額頭上流了下來。

「這種荒謬的事，怎麼可能——」

「就是知道鳴鏡學長會這麼想，無名才這麼做的。」

從他人覺得不可能之處下手——要是我的話就會這麼做。

「等一下，若是如此的話，那不就表示——」

「沒錯。」

我點了點頭，肯定白鳴鏡腦中的猜想。

「他離我們十分近，甚至有可能就在我們的身邊。」

「…………」

白鳴鏡手撫著額頭，默認無語。

雖還是有些不可置信，但從他的表情中，我知道他已認同我的話了。

「若奈唯亞的推論是正確的，那我們剩下的時間比想像中還少了。」

我看著窗外說道：

「左櫻大人隨時都有可能出事。」

白鳴鏡先是一愣，但很快地就意會到我在說什麼。

「我們不知道無名在何處，但他現在的身分是學生，隨時都能自然地接近左櫻大人。」

一旦被他逮到機會，他有一百種方法可以暗殺掉左櫻。

「我現在就去清查，有沒有學生是近期轉學進來的！」

「等一下。」

我伸手阻止想要站起來的白鳴鏡。

「真正的專家，是不會在這種地方露出破綻的。」

要不是已經篡改了入學紀錄，就是早已轉學進來。

「而且，『無名』這個人有點特異。」

「怎麼說？」

「鳴鏡學長，你相信這個世界中，有絕對不會死的人嗎？」

「有啊，白色死神。」

「……竟然秒答。」

白色死神這個名詞在你心中，到底已經因為憧憬而膨脹到怎樣的地步了？

「總之，之前奈唯亞在島外遇過無名許多次，而每次他都能做到一件事。」

「『死而復生』。」

「……妳現在是在說什麼科幻故事嗎？」

「這不是故事，全都是奈唯亞的親身體驗喔。」

「這個世界上，怎麼可能有人類能做到和白色死神一樣的『不死』！」

你的話很奇怪，簡直不把白色死神當人。

「『不死』只是一種現象，有很多種手法能達成這個表現，比方說吧……」

我從桌上拿起加入咖啡用的糖包，一個一個排列在眼前。

「每個糖包雖是獨立的，但它們都是糖包。」

「嗯……？」

看著桌上羅列的糖包，白鳴鏡很快地就意會到我在說什麼。

「妳的意思是，『無名』只是一個代號？」

「沒錯，『無名』並不是『一個人』，而是一個『團隊』。」

「也就是說，當A死掉後，B就會繼承無名之名而復生？」

「是的。」

「那我們就算找到無名，豈不是也對他無可奈何？」

「為什麼？」

「因為『無名』其實是一大群人啊。」

「這倒是不用擔心，因為他們不會同時出現。」

從十年前開始，我就遭遇了各式各樣的無名。

「每次出現在我面前的無名都『只有一位』，而且每次的模樣都不同。」

年紀、性別、長相、打扮都各不相同，唯一的共通點僅有一個——那就是自稱無名。

「這也太奇怪了吧？」

白嗚鏡皺著眉頭說道：

「就算這麼做，也不代表『無名』就具備了死而復生的技能啊，這豈不是一點意義都沒有。」

「誰知道呢？說不定其中有什麼我們看不穿的深意也說不定。」

我趁白嗚鏡思考時拿了他的冰奶茶，偷吸了半杯。

沒有人類是不死的。

無名的「不死」之謎，大概就跟我剛剛推斷的一樣，是由一個團隊造就的假象。

但有一點我一直覺得很奇怪，這也是我隱瞞沒跟白嗚鏡說的部分。

隨著出現次數的增多，無名變得越來越強。

就像是——

就像是逐漸變成白色死神一樣。

「總之，不管『無名』有著怎樣奇怪的特性，我們現在的首要之務，都是要找出他的所在。」

「該怎麼做？」

「……………………雖然實在是很不想這麼做，但也沒辦法了。」

「妳打算做什麼？」

「這位客人，請問接著想點什麼餐點？」

就在此時，身著漂亮制服的女服務生再度過來進行點餐。

「請給奈唯亞大量的衛生紙。」

「咦？」

聽到我這麼說，女服務生露出了錯愕無比的神情。

「嗚！」

我伸手摀住嘴巴，露出難過的神情。

「嗯？這情景好熟悉，好像曾經在哪裡看過……」

「嗚嘔！」

「這位客人！妳還好嗎？」

「等一下！奈唯亞，這裡是咖啡廳，不要用胃中取物這招——」

「嗚嘔嘔嘔嘔嘔嘔——————！」

「嗚啊啊啊啊啊啊啊啊啊！」

下一刻，淒厲的慘叫聲響徹了整間咖啡廳。

半個小時後，我和白鳴鏡來到了遠離商店街的郊區中。

我手中握著剛剛從胃中吐出來的透明瓶子。

看著那個約三公分高的密封瓶子，白鳴鏡一副欲言又止的模樣。

「怎麼了？鳴鏡學長，有什麼想說的嗎？」

「雖然我知道奈唯亞可能有自己的想法……」

可能覺得自己的問題有些失禮吧？白鳴鏡態度猶疑地問道：

「明明可以到無人的地方再吐瓶子，為何剛剛要特地在咖啡廳這麼做呢？」

「就像鳴鏡學長說的，奈唯亞有必須在咖啡店吐的理由。」

「原來如此，是我見識不足，看不出奈唯亞這個舉動蘊含著的深意──」

「我們剛剛那餐，不就因此而免費了嗎？」

「嗯？」

「咖啡廳為了不讓疑似食物中毒的騷動擴大，所以勢必在形式上給予我們補償，也就是免費。」

雖然剛吃進去的東西又吐出來確實有些可惜，不過有嘗到味道就好。

就結果來說，我省了一頓晚餐的錢，而且因為約會再度失敗的關係，下次還能以這個為藉口，要求白鳴鏡再請客一次。

真可謂是一石二鳥，一顆石頭打下兩餐的鳥。

「…………」

就像是聽到什麼難以置信的話，白鳴鏡陷入了沉默。

「臉色別那麼難看嘛，店長跟女服務生都拚命向我們道歉了，我們就原諒他們吧。」

「不，真正該道歉的是我們。」

白鳴鏡依舊表情複雜地說道：

「所以，奈唯亞剛剛故意在咖啡廳中嘔吐——」

「不是嘔吐，是伴隨著胃液跟未消化的蛋糕取出胃中的東西。」

「這聽起來跟嘔吐沒有分別啊！」

「你誤會了，奈唯亞之所以這麼做，當然不只是為了貪一餐的小便宜。」

「果然是這樣，我就知道不只如此——」

「為了遮掩這場對他們生意不利的騷動，那間咖啡廳接著應該會推出特價和各式各樣的折價活動吧？」

我雙手捧著臉，露出如花一般的笑靨說道：

「這樣子之後奈唯亞來這邊就不會那麼花錢了。」

「…………………」

白鳴鏡再度陷入深深的沉默。

「要不是這邊的甜點那麼好吃，奈唯亞也不會這麼做。」

我擺出一副無可奈何的樣子說道：

「都是他們的東西太好吃的錯，這一切都怪他們。」

「認識奈唯亞越深，越明白我和妳之間的道德觀差距有多大呢……」

「嗯？道德觀差距？」

「沒事。」

白鳴鏡露出平常的微笑，強硬地轉移話題說道：

「話說回來，那個小瓶子裝的是什麼呢？」

「喔……這個啊。」

我晃了晃手中的瓶子說道：

「是無名身上的微小散落物。」

「嗯？」

「無名身上的毛髮、肌膚碎屑、衣服碎片等等……」

「在刑事鑑識的領域，被稱為『微型跡證』的東西嗎？」

「不愧是正統體系出生的人，就是那東西沒錯。」

在上次與無名的戰鬥中，我打了他無數拳。

事後，我從自己的拳頭處採集了這些微型跡證，存放在瓶子中。

「奈唯亞搜集這些做什麼？」

「當然是為了哪天要找出無名時使用啊。」

「妳該不會是想做ＤＮＡ鑑定吧？那我馬上回親衛隊，商借相關的工具——」

「不用。」

我阻止了白嗚鏡。

「這太曠時耗日，等到結果出來，說不定左櫻大人都已遭遇不測了。」

「那我們到底該怎麼做？」

「即使不靠ＤＮＡ鑑定，奈唯亞也能找出無名。」

「僅靠這些微型跡證？」

「當然不止，還需要其他輔助工具。」

我從裙子裡頭掏出一個後背包。

「鏘鏘～～這個包包可愛吧？」

在我手中的，是一個普通的貓咪造型後背包，但是在包包正中央有著一條長長的牽繩。

「這是……防丟包包？」

「沒錯，給五歲以下的幼童背著，然後父母牽著背包上的繩子，以防兒童走失。」

「我知道這是什麼，但這跟我們剛說的微型跡證有什麼關係？」

白鳴鏡的眉頭緊揪成在一起說道：

「妳該不會跟我說這兩個加起來，就變成可以找到無名的工具吧。」

「就是如此沒錯。」

「咦？」

「接著，就看奈唯亞表演吧。」

「鳴鏡學長，你認為狗跟人的差異在哪邊呢？」

「…………………全部？」

「奈唯亞不是要這種理所當然的答案。」

我指著自己的鼻子說道：

「狗因為嗅覺過於發達，所以常常被用來尋找和追蹤東西，那麼，為什麼狗可以做到人類做不到的事情呢？」

「因為牠是狗。」

「就說奈唯亞不是要這種理所當然的答案了。」

「不，可是妳的問題一直都只有這種回答空間啊……」

「狗的嗅覺細胞比人類還多上四十倍，所以牠們可以辨識多重的味道，並在其中尋覓自己想追逐的味道。」

我將貓咪背包背上後說道：

「所以按照這個道理，人類只要將所有知覺都用在嗅覺上，就可以做到和狗一樣的效果。」

「不，這聽起來實在沒什麼道理，嗅覺細胞的總數，並不會因為專心而增加啊？」

「先跟其他細胞借用一下就好。」

「細胞是可以借來借去的東西嗎！」

「拿出誠意來就行，並不是『拜託幫我一下』那種態度，而是『唯有你才能幫我』這樣的決心。」

「這種彷彿要跟人借錢的說法是怎麼回事？」

「五年前，奈唯亞在撒哈拉大沙漠中快餓死時，就是靠著這樣的能力逃出生天的。」

「撒哈拉……？世界上最大的沙漠？」

「鎖定著食物的香味，奈唯亞不眠不休地走了三天三夜，最後在走出大沙漠時才發現，那股香味是從數百公里遠的城鎮傳來的。」

「……這已經比狗還厲害了吧？」

「要是比狗還不如，當個隨扈可是活不下去的。」

「不是，一般人都比狗還優秀吧！」

「總之，奈唯亞這招可以關閉自己其他感官，僅特化嗅覺的部分。」

「聽起來真是不可思議……」

「就跟《深表遺憾》裡頭的『感官共鳴』一樣。」

「…………」

「靠著強化的嗅覺和手上的微型跡證，奈唯亞就能找出無名的所在。」

「島外的高手都是這樣的嗎？會一些常人所想像不到的技藝。」

「除了奈唯亞之外，大概只有白色死神會這招吧。」

「什麼！這技能竟然是傳說等級的嗎？」

白鳴鏡一臉認真地抱臂沉思道：

「要不這次寒假也把自己丟到撒哈拉沙漠一趟呢……」

這傢伙真是好操控。

要是哪天覺得他礙事，就告訴他白色死神的興趣是不綁繩子進行高空彈跳吧。

「不過，這招也有缺點。」

我將貓咪背包的牽繩遞到白鳴鏡手中。

「因為太過於專心嗅覺，所以無法注意其他事情，要是一不小心跑到危險的地方就完了。」

「原來如此，所以我必須擔當奈唯亞的護衛，是嗎？」

「沒錯，在抵達目的地前，就麻煩你用這條繩子控制我了。」

我將瓶子的瓶蓋打開。

「準備好了嗎？鳴鏡學長。」

「嗯！」

他牢牢地抓住了那條繩子，而那也是我們現狀的救命之繩。

「機會只有一次，絕對不能失敗！」

因為搜集到的證物只有少量。

為了左櫻的安全，也為了「ＬＳ任務」，我必須找出無名的所在才行。

仰著頭，我將所有的微型證物吞進肚中。

就像無名的一部分進入了身體中。

我閉上眼，感受著逐漸瀰漫體內的無名氣味。

「來吧，開始了。」

我「唰」的睜開雙眼。

「那個……奈唯亞。」

「不要跟奈唯亞說話，不要讓我分心。」

「但是——」

「這個技能，需要完全關閉除了嗅覺之外的感官。」

當然，所謂的關閉，並不是指失去作用的意思，而是藉由意識去控制。

將視覺、味覺、觸覺、聽覺盡力忽略。

彷彿自己只剩下嗅覺——只有嗅覺。

「就像是……狗一般。」

化身為狗吧。

我不是人，而是條狗。

正在追蹤無名的狗。

「妳就算再專心，也不要四肢著地在地上爬行啊！這畫面怎麼看怎麼怪異！」

「汪！汪汪汪汪！」

「竟然連話都不會說了！妳也沉浸在角色中太深了吧！」

總覺得無名的氣味既近又遠。

是他刻意躲藏的關係嗎？總覺得似乎混入了不少其他人的味道。

不行，我得更加專心才行。

除了貓咪包包外，還得請出其他輔助道具才行。

「那個是……黑布條和耳罩式耳機？」

我將不透光的黑布綁在自己的雙眼，然後將耳機戴在頭上。

這樣，我就能藉著外力的幫忙，更加封住自己的聽覺和視覺。

「媽媽！有大姊姊趴在地上，然後被大哥哥牽著散步！」

「別亂說了！這種深夜才有可能出現的PLAY，怎麼可能在黃昏時就出現呢嗚啊啊啊啊啊啊啊啊啊有變態啊——————！」

「等一下！請聽我解釋，我們之所以這麼做是有理由的！」

「別騙人了！你們除了羞恥PLAY外，還加上了蒙眼PLAY的要素啊！這怎麼看都是在進行奴隸調教啊！」

「不是的！真的不是妳想的那樣！拜託妳把手機收起來，不要報警啊啊啊啊啊！」

雖然耳邊似乎傳來了什麼聲音，但對現在的我來說都十分遙遠。

腦中只剩下追尋無名這件事。

不只除了嗅覺的其他感官消失，自己的意識也漸漸模糊。

我不是海溫，也不是奈唯亞。

對了，我是——

「哈、哈、呼哈————汪汪！」

「別一邊叫一邊流口水了！妳根本就是故意的吧————————！」

融化消失的自我，彷彿散發到了身體之外的空間。

我可以感受到，無名的氣味就在眼前。

「等一下！為何從郊區走回商店街了！」

時間已經過去多久了？

無數人的氣味幾乎要讓無名的氣味消失。

他不只藉人群隱藏，也藉著化裝成不同的模樣遮蓋。
但是，只剩嗅覺的我是無敵的。
四肢著地，卻感受不到地面的堅硬觸感。
白鳴鏡牽引著我，我卻連被拉著的感覺都沒有。
眼睛和耳朵被完全封住，嘴巴則因為長距離的爬行，不斷地吐出灼熱的氣息。
「大家不要緊張！相信我！這只是在拍電影！」
白鳴鏡慌張地向圍觀群眾大喊：
「這不是什麼奇怪的電影！主題是一部人倫悲劇，故事主軸是女友大腦受到嚴重的撞擊，行為舉止開始異於常人，簡直跟瘋了沒兩樣——」
「鳴鏡學長，離目標已經很近了。」
「為何這種時候就正常說話！妳不是說妳已經關閉其他感覺了嗎？」
「因為奈唯亞……覺得已經快到了。」
「覺得什麼東西快到了！」
「剛不是說了嗎？快到無名的所在處了。」
「喔喔……對，沒錯，快到無名的所在處了，當然是這個快到。」
為何要再重複一次我說的話？
「奈唯亞，既然目標已經快達成了，那妳差不多該站起來了吧？」
「還不行。」
我再度沉浸在只有嗅覺的世界中說道：

「現在的奈唯亞只能依靠鳴鏡學長了，求你不要拋棄奈唯亞。」

畢竟已走回熱鬧的商店街，要是放掉繩子，已經忘我的我說不定會被車子撞到。

「要是沒有鳴鏡學長這樣牽著奈唯亞，奈唯亞可是會死的啊！」

「妳真的不是故意說出這些臺詞的嗎！」

周遭傳來的議論聲和懷疑目光似乎讓白鳴鏡快崩潰了。

但是我無暇理會身外的事。

還差一點，就差一點了。

「咦？我們怎麼又走回咖啡廳了？」

就是這裡！

無名就在此處！

我站起身來，拔掉黑布和耳機，解除了只有嗅覺的世界。

「客人，剛剛真的是十分抱歉。」

「原來如此啊。」

你一直在我們身旁，偷聽我們的對話。

「要是有能給予的補償，我們這邊會盡力滿足客人的需求——」

「別裝了，奈唯亞已經發現你是誰了。」

對著向我低頭的咖啡廳女服務生，我面帶微笑地說道：

「無名，讓我們來場坦誠相見的對話吧。」

幕間一 無名的起源

有一個殺手組織名為「無」。
沒有人知道他們是什麼時候存在的，也沒有人明白他們組織的規模有多大。
唯一清楚的只有一件事。
只要是被「無」盯上的人，無一能倖免。
無法觸及，無法目擊，無法逃離。
他們是死神的代行者，每一代「無」的最高領導人，都以死神手中所拿武器——也就是「暗鐮」做為代稱。
「無」存在的目的只有一個，那就是接受委託後，將人類的性命回歸虛無。
——不過這樣的情況，只到白色死神出現的那刻為止。
「報告暗鐮大人。」
一個蒙面殺手單膝跪在暗鐮面前說道：
「我們派出的殺手，又被白色死神幹掉了。」
「……」
雖然表面上什麼話都沒說，但在他人看不到的地方，暗鐮緊緊握住了拳頭。

「至今為止，已經被幹掉幾個殺手了？」

「兩個月前是十個，上個月是二十個，這個月是四十個，被幹掉的人數順利呈倍數線性成長——」

「住嘴！」

暗鐮用力地拍著椅背喝道：

「誰叫你用這種彷彿業績成長的口吻了！」

「是，小的知錯。」

蒙面殺手低下頭。

暗鐮看著底下的蒙面殺手，暗中在心中嘆了口氣。

組織中的殺手在暗殺方面各個都是一流的高手，而面前的蒙面殺手更是其中的佼佼者。

但殺人技巧高明並不等於其他方面也優異。

因為長久以來處在極限的環境中的關係，多數殺手的個性都異於常人——不，或許該說少一根筋才對。

「也就是說，這次的暗殺任務又失敗了？」

「是，只要遇到白色死神擔當隨扈的任務，我們的殺手就註定會被幹掉。」

蒙面殺手拿出一臺筆電，秀出一個網頁。

「暗鐮大人，請看看這個。」

「這是什麼……？」

「白色死神最近開設了個人網站。」

「個人網站？」

暗鐮走近一看。

只見首頁是一個不知何人的背影，不過從那一頭蒼白的髮色來看，應該是白色死神沒錯。

在白色死神旁，寫滿了一連串色彩鮮豔的字體。

「『連續三年擊退「無」之殺手』。」

蒙面殺手一一唸出網頁上的廣告詞。

「『任務達成率百分之百』、『你的家中有被暗殺的困擾嗎？請安心交給白色死神吧』、『你知道嗎？經過英國研究，每過一分鐘，就有五個「無」的殺手被白色死神幹掉喔。』」

「…………」

「『只要現在撥打這支電話，就能得到專屬優惠，在抵抗「無」之殺手的同時，還贈送免費的衛生紙一串──』」

「夠了！」

暗鐮大吼！雙眼因氣憤而變得通紅！

真沒想到之前人人聞之色變的「無」之名竟會淪落至此，不但變成別人宣傳的踏腳石，而且還搞得他們和衛生紙彷彿等價一般！

「對這個狀況，你們難道就沒有想出什麼解決辦法嗎？」

「當然。」

蒙面殺手將網頁關掉，打開了ppt簡報檔。

「屬下認為，為了對抗白色死神的贈品優惠，我方應推出專屬會員和專屬折扣等政策吸引消費者。」

「……」

「例如『當月生日暗殺七折』、『情侶套組殺一送一』、『若是殺的人在十二歲前則有早鳥優惠』等行銷策略。」

「…………」

「暗鐮大人也可以開直播和拍影片，轉型成YouTuber，累積人氣後，甚至可以開簽名會吸引客群——」

「夠了！」

「不，這樣還不夠，我認為在這資訊爆炸的時代想要脫穎而出，暗鐮大人以後殺人時最好都背著巨大鐮刀，這樣塑造出來的角色才立體——」

「我說夠了！」

暗鐮霹靂般的大吼，終於制止了部下的暴走。

「你這傢伙……沒去當廣告公司的行銷人員真是可惜了啊。」

「謝謝暗鐮大人的誇獎。」

「不，我剛不是誇獎的意思。」

看著沾沾自喜的部下，暗鐮不禁深深地嘆了口氣。

巨大的疲憊在此時湧上他的心頭，讓他的頭為之疼痛。

「這一切……都是白色死神害的。」

自從他出現後，事情就失控了。

不管多麼精巧的暗殺，都會被他妨礙。

不管派出多少殺手，都無法置他於死地。

更可怕的是，他會隨著時間成長。

就像沒有極限的海綿一般，他吸收所有可學的技能，同時間還開發出更多異想天開的技藝。

若他就像是漫畫中的正義人士，那或許還好對付些。

但他不是。

為了保住自己的命，他什麼事都幹得出來。

他可以抓無辜之人當作自己的擋箭牌，也完全不介意鬧出足以引起國家動亂的大災難。

跟他比起來，「無」的殺手反而像是好人。

「不管怎麼看……他都是我們這邊的人啊。」

比起隨扈，他或許更適合當殺手。

但不管保護對象是怎樣的人渣，他總是會擋在我們面前，拚盡全力地守護目標。

他究竟是為何而戰？

「暗鐮大人，還需要派出更多殺手嗎？」

「不用了。」

不管派出多少螞蟻，都無法撼動大象。

暗鐮深知，他所需要的是一個可以和白色死神比肩的個體。

但白色死神是百年……不，千年難得一遇的特異種。

若不耗費大量時間，是不可能培育出能與其對抗的存在的。

可是不管是哪個殺手，都沒有這麼長的時光可以消耗。

「等一下……若是我用數量去填補時間的長度……」

此時，暗鐮突然想到了一個好主意。

「暗鐮大人？」

「你玩過ＲＰＧ遊戲嗎？」

「嗯？話題怎麼突然跳到這邊？」

「只要是正常的遊戲，終會有破關的一天。」

暗鐮臉上露出奸笑說道：

「不管死亡多少次都沒關係，只要有存檔，就能無限次地復活練功。」

「嗯。」

「不管是多麼恐怖的魔王，都會被擁有無限生命的玩家打敗。」

「這跟我們討論的白色死神有關嗎？」

「當然有關。」

暗鐮心中的計策雖然惡毒且荒唐，但是「無」擁有多年累積下來的技術和資金，他有足夠的信心可以完成這件事。

「若是我們培養出一個不會死的殺手又如何呢？」

「咦？」

「就算被白色死神殺掉也沒關係。」

重點是，這個殺手在死亡後，能讀取存檔復活。

「只要不斷向上堆疊屍體，遲早會誕生出能與白色死神相同的存在吧？」

「暗鐮大人的意思，該不會是——」

「沒錯，我要以人為的方式，複製一個『白神死神』出來。」

於是，無名誕生了。

為了和白色死神對抗，他在「無」的安排下——

成了絕對不會死亡的殺手。

第二章 要是連找出白色死神都不會，當個隨扈可是活不下去的

剩餘報酬：89億

在我揭發女服務生的真實身分後，我將她帶到了我和左歌住的地方。

為了卸下她的心防，我請白鳴鏡暫時離開，讓我和她獨處。

白鳴鏡雖然以「我怎麼可能放女孩子一個人面臨險境」之類的藉口強硬拒絕，但在我的淚眼攻勢下，他總算是勉為其難地答應了我的請求。

「就像我之前說的，讓我們來場坦誠相見的對話吧，無名。」

「我不知道客人妳在說什麼，我只是一個服務員，從沒聽過無名這個名字。」

「說得不錯呢。」

我翻出左歌藏起來的高級羊羹，一邊吃一邊說道：

「畢竟我沒有明確的證據，妳確實是可以否認到底沒錯。」

「……」

聽到我這麼說，女服務生露出了困擾的神情。

那個表情完美地演繹出了「突然被陌生人帶到家中」的無辜女孩。

雖然之前的聖誕祭騷動就已見識過，但實際面對面後我更加體會到了，這個人的扮

裝功力全然不遜色於我——不，說不定更勝於我。

就像是他的名字一樣，從他體內散發出來的氣息空空如也，什麼都沒有。

他被外皮所扮演的角色牽著走，毫不在意自己是怎樣的存在。

「那麼，我們不妨來做個交易吧？」

骯髒的利益交換，正是我所擅長的領域。

「我給妳想要的事物，而妳則現出真面目以示誠意，如何？」

「從剛剛開始，我就聽不懂妳的話。」

女服務生滿臉問號地說道：

「我是因為對客人失禮，所以才聽從妳的話跟來的，若是真的沒有其他事的話，請容我告退了。」

女服務生站起身來，但是，我用話語輕易地停住了她的腳步。

「妳的體內，有著奈米等級的ＧＰＳ機械。」

我面不改色地拿出手機，吐出謊言道：

「以妳血液的流動當作動力來源，只要妳活著，它就能永遠運作，讓我知道妳的位置。之前見面時，趁妳不注意就將它埋入了妳的體內。」

「聽起來真像是天方夜譚呢。」

女服務生微微一笑後，再度回到座位說道：

「假設我退一萬步認同妳的話，我的體內真有這樣的機械，而我就是那個名為無名的人，那麼，為何妳到『現在』才來找我呢？」

果然無法這麼輕易地唬住她啊。

「因為需要時間準備和妳談判的材料。」

我一邊用手指捲著自己的髮梢，一邊微笑說道：

「要是不搜集妳感興趣的事實，即使找到妳也沒有用吧。」

「不是妳說要來場坦誠相見的對談嗎？但是直到現在，我仍不知道妳到底想做什麼。」

「別著急嘛。」

這裡必須賭上一把。

之前在聖誕祭時，我在無名的心中只是奈唯亞。

最後雖然用海溫的樣子和他來了場最終決戰，但他並沒有看到我從奈唯亞轉換成海溫的過程。

他並不知道，奈唯亞就是白色死神。

「妳想不想知道，白色死神究竟躲在哪兒啊？」

「————！」

女服務生雙眼微微瞪大，露出了感興趣的神情。

彷彿空殼一般的女服務生，在此刻突然有了內在。

我終於感到自己是在跟「一個人」說話。

「果然，妳就是無名。」

那個過去曾被白色死神殺掉，無數次死而復生的「無」之殺手。

「真是的，果然還是瞞不過去啊。」

——喀答。

我聽到子彈上膛的聲音。

「那麼，找我有什麼事呢？該不會是要報『聖誕祭』的一箭之仇吧？」

雖然表面上不動聲色，但我知道桌子底下，無名已拔出手槍瞄準了我。

接著的對談，只要我說錯一句話，想必無名就會毫不猶豫的開槍吧。

「『聖誕祭』？怎麼可能，在這個世界中，受傷可是家常便飯的事，怎可能因為被開了一兩槍就要報仇。」

我微笑地揮了揮手道：

「在殺手和傭兵的世界中，沒有人是絕對的敵人或是朋友。」

「那麼，妳究竟是我的敵人還是朋友呢？」

「當然是朋友，奈唯亞可是想和妳結盟唷。」

「結盟？」

談判最重要的目的，是搞清楚對方要的事物是什麼。

「聖誕祭」的事件結束後，「右」的計策已徹底曝光。

他們想要殺掉左櫻，然後再以無名取而代之的計畫，絕對不可能有成功的一天。

當然，單純殺掉左櫻也沒用。

在檯面上，左櫻和左獨的感情並不好，大費周章暗殺左櫻，並不會有任何好處。

但是，無名仍偷偷留在五色高中內，為什麼？

很簡單，因為這不是「右」的命令，而是他專斷獨行的行為。

他在追尋「聖誕祭」中出現一瞬間的白色死神。

「不瞞妳說，奈唯亞和白色死神有仇，已追尋他多年了。」

「喔……？」

雖然還是沒放下槍，但是我感到無名的殺氣稍稍減弱了一些。

「我也沒料到這次的『聖誕祭』他會現身。」

站在和她同一側，成為她的夥伴。

「想必妳也猜到了，奈唯亞是『左』請來保護左櫻的隨扈，但既然知道白色死神就在這邊，那狀況就不一樣了。」

我用力將手中的叉子往下，刺穿了高級羊羹！

「即使拋下『左』給予的任務，奈唯亞也要殺了他——不計代價的殺了他！」

「喔喔……這股強烈的恨，感覺不像是在說謊啊。」

悄無聲息地將槍收進了裙子中，這傢伙就連藏槍的地方都刻意模仿我啊？

「那麼，妳跟白色死神之間，究竟是有著怎樣的恩怨呢？」

無名緊盯著我。

我知道的，這是她對我的面試，我必須闖過這關才行。

「六歲時，發生了足以改變奈唯亞一生的嚴重意外。」

我滔滔不絕地吐出剛剛編織的故事說道：

「當奈唯亞回到家中時，發現家人不知被何人殘忍殺害了。」

「凶手是……？」

「凶手當然就是妳我一直在追尋的白色死神。」

我從懷中拿出照片。

「這是奈唯亞妹妹的死狀。」

照片中是一個酷似我的小女孩慘死的模樣。

這是我假日閒暇之餘一邊練習化妝術一邊拍下的。

要是連拍下自己的死狀都不會，當個隨扈可是活不下去的。

「另外，這邊還有奈唯亞父親和母親死亡時的照片。」

當然，這也是我假扮後自拍的。

「這個則是奈唯亞爺爺、奶奶死掉的照片。」

我接連掏出照片。

「然後還有外公、外婆、哥哥、姊姊、弟弟的死亡照。」

大量的屍體照，很快地就鋪滿整張桌子。

「……妳全家死光了？」

「不只如此喔，殘忍的白色死神就連隔壁家的凱娜・愛迪生都沒放過。」

「凱娜・愛迪生？」

「隔壁養的狗。」

我將一張狗吐白沫的照片遞了出來。

「…………」

不知為何，無名的眼中感覺疑心越來越重。

奇怪，我都準備如此充分了，還是因為是太充分了才感覺像是假的？

看來，該拿出殺手鐧了。

就在我即將拿出更有說服力的照片時——

我那彷彿被詛咒的體質再度作祟。

一張我原本不打算掏出的照片緩緩從懷中飄落，落到了我們之間的桌子上。

「喂……這是什麼？」

無名的聲音陡然間變得低沉。

——喀答。

我再度聽到子彈上膛的聲音。

這次，她毫不掩飾地將槍拿出來，對準了我的眉間。

她會有這樣的反應也是當然的。

因為那張照片上頭，是「奈唯亞慘死」的照片。

時間一下子變得緩慢下來。

我看到無名的手指伸到護弓內，緩緩地扣下扳機。

這樣的不可控意外，我的人生中已不知經歷幾次了。

分析現況，輸入所有要素。

大量的解決方案在我腦中展開，我在其中尋找說得過去的藉口。

「就如妳所看到的。」

我指著那張照片說道：

「真正的奈唯亞已經死了。」

「那妳是誰？」

「我已遺忘我本來的名字了。」

我扯出悲哀的笑容說道：

「為了向白色死神復仇，我殺了奈唯亞，並借用她的身分活了下去。」

「殺了奈唯亞？」

「是的，我曾在某個下雨的月夜，遇到了瀕死的奈唯亞。那時的她刺殺白色死神失敗，在遭受反擊後，受到了即將死亡的重傷。」

沉浸在情境中的我，雙眼湧出了淚水。

「逐漸變得冰冷的她握著我的手，對我說道：『這條命就託付給你了』。為了不負她的遺願，也為了減輕她的痛苦，我親手給了她最後一擊，了結了她的命。」

連我都覺得這故事編得不錯，投到輕小說比賽應該可以獲獎吧。

「那麼，之後妳為何會變成奈唯亞呢？」

聽得入神的無名，不知不覺降低了槍口。

「這一切都是為了找出白色死神。」

「找出他？」

「若是看到已死的人物再度出現，不管白色死神那時假扮成誰，都會在一瞬間露出驚訝之情吧。」

「沒錯……」

「我和已死的奈唯亞，將我們的人生都賭到那一瞬間了。」

無數的淚珠從我眼中滑落，打溼了桌上的照片。

「……為什麼要跟我說這些？」

「因為我希望妳能相信我。」

「相信……嗎？」

「將這個罪孽說出來，就是我為同盟釋出的最大誠意。」

我拿起奈唯亞慘死的照片，塞到無名的手中。

「要是哪天妳覺得我不可信任，就拿著這張照片告發我吧。」

她交互看著照片和我的雙眼。

「……我明白了。」

看著她將照片收進懷中，我在心中露出奸笑。

先是用悲慘的過往引起同情，接著再主動提供把柄。

即使是無名，都難以拒絕我的陷阱吧？

「無名小姐……還是先生？」

我向她伸出右手。

「以後請妳多多指教了。」

「……」

看著我的手，握著槍的她陷入了沉默。

她還是沒完全放下武器和戒心。
或許這輩子中，她從沒和人做過握手這個動作吧。
但是，我不會讓妳逃走的。
我伸出另一隻手，用雙手包裹住她的手和武器。
看著我們交握的手，她再度陷入長長的沉默。
過了不知多久後，她緩緩開了口，對我拋出了這場面試的最後問題。
「既然如此，請妳告訴我──」
他看著我，雙眼中有著熾熱的火焰。
「現在白色死神究竟在何處呢？」
「妳早已和他見過面了，但因為他偽裝得太好，所以妳沒有意識到。」
「咦？」
「無名，妳有沒有想過一個問題？」
我指著自己的眼睛說道：
「為何白色死神總是無法被目擊？」
「因為他擅於變裝？」
「這當然是原因之一，但若只是以個人的力量躲藏，遲早會面臨極限吧？」
「妳的意思是……他的背後，有組織支撐？」
「沒錯，所以他才會在『聖誕祭』──也就是左櫻有生命危險時出現。」
「原來如此。」

想通的無名雙眼精光一閃道：

「白色死神，其實是左家的人嗎？」

「只要想通這點，白色死神的真實身分就呼之欲出了。」

「他必須是左櫻親近之人，而且為了隱藏自身，他必定會扮成最讓人意想不到的模樣。」

「那麼，左櫻身邊的人，誰看起來最不自然呢？」

「不自然……？」

就像突然間靈光一閃，無名抬起頭來，激動地說道：

「可能人選只有一人。」

「沒錯。」

我點了點頭，肯定了無名的猜測。

「明明是左櫻的貼身之人，卻看起來一點用都沒有，這怎麼想都很古怪吧？」

指著牆上掛著的女僕服，我說道：

「真正的白色死神——」

「就是左櫻的貼身女僕——左歌。」

「原來……就是她嗎？」

「沒錯，毫無疑問就是她。」

我緊緊握住無名的手，露出燦爛無比的微笑說道：

「讓我們一起努力，消滅左歌這個萬惡的白色死神吧。」

在達成同盟協定後，無名和我就暫時分開了。

白色死神不容小覷，我們必須從長計議——我以這樣的藉口，實行了緩兵之策。

雖然中間一度有些波折，但我最後得到的成果很豐碩。

結為同盟後，我不但能從最近距離觀察無名究竟想做什麼，而且還不會有任何生命危險。

這一切都是多虧了左歌偉大的犧牲。

「表姊。」

我對著眼前的左歌，雙手合十說道：

「真的很感謝妳。」

「……你一大早在說什麼啊？還沒清醒嗎？」

時間是和無名分開後的隔日早上。

我和左歌起床後，正面對面地吃著早餐。

順帶一提，家中的早餐都是我做的。因為左歌的廚藝只能用毀滅性的糟糕來形容，不過似乎左櫻喜歡的料理都能做得很好。

這傢伙到底當初是怎麼當上左櫻的貼身女僕的？

「我是真的很感謝表姊。」

「感謝我什麼？」

「要用例子來說明的話，大概就像是去上廁所遇到沒衛生紙，然後突然有人開門遞給你的那種感謝。」

「你舉的例子很微妙。」

「就是那種『剛好需要』以及『就是這時候』最棒了，我真是感謝表姊是個方便至極的女人。」

「你是真的在感謝我嗎？」

總是沒有表情的左歌，露出了毫不掩飾的嫌惡之情。

這傢伙一直都用面無表情來遮掩自己真實的感情，但最近發現，她在家中的表情似乎越來越多元。

不知道是放鬆下來，還是放棄在我面前板著一張臉了。

「話又說回來，奈唯亞，雖然只是暫時的身分，但你現在可是一個學生，你應該沒忘記『聖誕祭』之後的大活動吧？」

「寒假？」

「雖然也沒錯啦，但我說的是寒假前的活動——」

「暑假？」

「……你的腦中除了假期之外沒別的東西了嗎？」

「開什麼玩笑！我的腦中還有錢啊！」

「我不懂你為何要針對這點憤怒，還有這個反駁並沒有讓你這個人顯得比較好。」

「所以身為學生要注意的大活動究竟是什麼？」

「那當然是『期末考』啊。」

「嗯？那是什麼？」

「就算你一臉疑惑地問我……你該不會真的不知道期末考是什麼吧？」

「是那個學生時期所有人都跟你說很重要，但長大後才發現那其實一點屁用都沒有的東西嗎？」

「你明明就很清楚嘛——不對，你不清楚。」

左歌趕緊搖了搖頭說道：

「我現在好歹也是個老師，不能認同你這種說法。」

「妳剛剛明明就一瞬間認同了。」

「聽好囉，期末考這種東西啊，是學生測試平常的努力究竟有沒有用的重要關卡，它並不是彰顯分數至上的意思，而是要教導學生對自己負責的精神，就算這次考不好也沒關係，下次依舊還有能再次挑戰的機會——」

「真心話是？」

「考試真是煩死人了！」

雙眼浮現黑眼圈的左歌抱著頭喊道：

「我明明就是個老師啊！為何還要在大家考完試後，獨自接受期末考啊！」

難怪我最近看到妳會挑燈夜讀，原來是在準備考試啊。

「畢竟妳的真實身分只是個十七歲的學生，接受考試也是應該的。」

「不只讀書這點麻煩，身為老師，我還得幫忙準備考試的題目，每當我這麼做時，總有種搬石頭砸自己腳的感覺。」

「表姊妳真是太卑鄙了。」

我露出鄙夷的眼神說道：

「自己出題自己作答，這不就是作弊嗎？」

「啊啊，我竟有被你責備卑鄙的一天，我的人生已經墮落到這種地步了嗎？」

「有必要打擊這麼大嗎？一副世界末日的模樣。」

雙眼滿是漆黑，連我看了都有點害怕。

「不過你誤會了一件事，我就算是出題者也沒關係，五色高中的考試比你想的還特別。」

「怎麼說？」

「左獨當家在教育上下了很多功夫，其中一個核心概念就是『因材施教』。」

「『因材施教』？」

「所有人的考試都不同，每一個人的試卷都是獨一無二的。」

「喔喔。」

我稍微提高了一點興趣。

「若你是體育專長，試卷中的題目則會和你擅長的領域有關，例如營養學和受傷時的醫護處理之類的；若你是音樂專長，則題目會是海外進修的途徑以及就業管道；若你是編輯專長，則會出現面臨作家拖稿的處理方式以及繪師拖稿的處理方式以及銷量不佳時的應變方式以及當系列被腰斬時應該怎麼跟作家說等等。」

「最後那個怎麼感覺特別具體？」

「總之，考試的題目，會盡力滿足一項原則──那就是『要對學生的未來有幫助』。」

原來如此，並不是單純的考試，而是促使學生更加精進自己。

總覺得這是教育的理想形式呢。

「嗯？可若是這樣的話，表姊妳又能做什麼？」

意識到不對的我歪著頭問道：

「什麼都不會的妳能出什麼題目？該不會有學生是廢人專才吧？」

「別說得好像我是廢人界的達人好嗎？就算是我，也有能出的題目啊。」

「是什麼？」

「我在你不知道的地方，可是很不簡單的喔。」

「所以是什麼？」

「總、總之就是……」

打腫臉充胖子的左歌在我的進逼下，滿頭冷汗。

可能知道不說我就不會放過她吧，她以細如蚊蚋的聲音說道：

「…………九九乘法表。」

「嗯？」

因為實在太小聲了，要不是我的耳力有經過鍛鍊，我還差點聽不到呢。

「我負責出小學生的期末考題目啦！」

不知為何，左歌雙眼含淚，激動地「砰砰」拍著桌子大喊：

「怎麼樣！不行是不是！」

「不不不，當然可以。」

我一臉敬佩地鼓掌說道：

「智商完美詮釋小學生等級的表姊出小學生的題目，簡直是適才適所。」

「你這稱讚根本是在罵我吧！」

「我向妳道歉，竟會認為妳出的題材有可能會自己寫到，這真的是我的不對。」

「挑這種時候道歉簡直是惡意滿滿！」

「不過若是如此，倒是令我好奇起來了，我究竟會接到怎麼樣的題目呢？」

身為隨扈什麼都得會才行，題目範疇感覺似乎有點太廣了？

「總之，作弊是不可行的，在期末考期間，『左』會採取許多安全措施，防止學生這麼做。」

「真是可惜。」

我本來有著靠作弊拿到高分的想法，但現在想想似乎不用這麼傷腦筋。

「除了專門項目之外，基本科目也是有的，也就是我們平常在課堂中所學的國、英、數之類的，不過這幾科考試也有特別之處。」

「哪裡特別？」

「題目是『無限』的，分數也沒有任何上限。」
「也就是說，作答時間內要答多少題都是可以的？」
「沒錯，全校前十名會公布在校內的榜單，並會得到左獨當家給予的『特殊獎勵』。」
「那是什麼？」
「沒有人知道，就連得獎者都守口如瓶。」
不是跟他人比較，而是面對自己。
不只給予每個人平等且獨一無二的試煉，就連特殊的高難度獎勵機制都具備。
左獨的教育體系帶有一種遊戲的感覺，連我都起了想要認真挑戰的念頭。
「那麼，有懲罰機制嗎？」
既然有賞那應該就有罰。
「若是像表姊這樣總是考試不及格的人，會被怎麼樣嗎？」
「請你不要提出問題時，以我一定會不及格當作前提好嗎？」
「所以表姊從沒不及格過囉？」
「說到不及格的懲罰嘛……」
「喂，回答我的問題，不要把目光移走。」
明顯在裝傻的左歌無視我的問題說道：
「不及格的學生，會被剝奪參加活動的資格。」
「活動？」

「在結業式當天，五色高中會舉辦和新年有關的『除舊布新』活動。」
「這又是什麼？」
「顧名思義，就是一場『以舊換新』的活動。」
左歌指著盤中吃到一半的荷包蛋說道：
「舉個例子，若是當天拿這顆蛋過去，就會換成全新且完好的蛋給你。」
「也就是說，『一物換一物』？」
「沒錯，不管是損壞多嚴重還是價值多高昂的東西都無所謂。」
「舊屋換新屋可以嗎？」
「可以。」
「碎掉的鑽石換成完整的鑽石也沒問題嗎？」
「沒問題。」
「契約更新這種無實體的事物也在適用範圍內嗎？」
「雖然比較少人提出這類型的東西，但據我所知是可行的。」
五色高中內少說也有幾百名學生吧？「左」在教育上還真是花了重金啊。
「總之，只要符合『兩個條件』，什麼都可以更換。」
左歌豎起手指說道：
「首先，最大的前提當然是『目標物的更新，必須在左家能力範圍內』。」
「這是自然。」
若是提出要把美國的自由女神變成全新的，那當然是不可行的——不對，說不定

「左」的勢力還真有可能做到這事？

「所以表姊就算及格，也不能提出要更換腦袋這種要求囉？那妳還那麼認真念書做什麼？」

「我沒有要提這個！別說得好像我的智能在『左』的處理範圍外！」

「那妳若是及格，想提怎樣的願望？」

「哼哼……這個我早就想好囉。」

左歌得意地拿出一本筆記本，上頭密密麻麻地寫滿了字。

「為了不讓自己後悔，我把想要更換的項目熬夜整理了出來！」

原來妳不是熬夜在念書而是在寫這東西啊。

在還沒中獎前先計畫得獎後怎麼花錢。

確實很像左歌會做的事。

「畢竟不做好萬全準備不行，這可是我第一次參加這活動啊。」

「表姊不是說自己從未不及格過嗎？」

「對、沒錯，我之前是忙貼身女僕的事，都忙到無法參加活動了，真是傷腦筋呢呵呵呵。」

看著以無表情發出一連串無感情笑聲的左歌，我決定還是不戳破她的謊言。

「表姊列了這麼多，但『以舊換新』的願望只能提一個吧？」

「是啊，雖然很難取捨，但我最終還是下定決心了。」

左歌拿出一片名為「動物○友會」的遊戲盒說道：

「我想把我正在玩的這片遊戲修好。」

「喔喔！這不是最近很知名，在一座無人島上——

「跟一群畜生生活的遊戲嗎？」

「注意你的措詞！不是畜生，是動物——動物！」

「不過表姊竟然想換遊戲？這倒是讓我有些驚訝了。」

感覺有更多值得換新的事物啊。

就算隨便換棟房子的錢，都能買上一千片啊。

還是這片遊戲對左歌來說有著什麼特別的回憶？

「我這片遊戲壞掉很久了。」

左歌一臉認真地說道：

「這麼美好的世界，我竟然不能進去裡面生活，這很顯然是壞了。」

「……」

「我要請『左』幫我換一片新的。」

「……表姊，妳真的不認真考慮換一個腦袋的事嗎？」

「為什麼又提這事了！」

這傢伙真的沒救了。

還是現實壓力大到她已經不惜一切想要逃去虛擬世界了？

「回到原本的話題，至於第二個前提——」

「就算表姊不說，我大概也猜得到第二個條件是什麼。」

「喔？」

「第二個換物的前提是——『你必須先行擁有舊的事物』，對吧？」

「是的。」

「所以前女友換成新女友這種事是無法成立的。」

「沒錯，因為你從來就沒有女朋友。」

不過這真是有趣的機制。

以舊換新是嗎……？

「我突然對這次的考試有興趣了。」

「ＬＳ任務」的酬勞，因為左櫻哭泣的關係變成八十九億。

若是一切順利的話，我或許能將「ＬＳ任務」的酬勞更新回原本的一百億。

「啊，那個表情，一定又是在打什麼壞主意。」

左歌斜眼看了我一眼。

「表姊還是管好自己吧。」

「也是。」

左歌看著手中的遊戲片說道：

「要是進去遊戲裡頭之後，我要怎麼享受接著的人生呢，嘿嘿～～一想到就興奮得睡不著覺。」

我一邊吃著早餐一邊看著一副心情很好，輕搖身子哼著歌的左歌。

這傢伙還真是有趣，不管相處多久都看不膩。

「真是的……」

雖然起因在我，但我可不能讓無名把這麼有趣的傢伙給消除掉呢。

要是照我原本的性子，我一定會在無名疏忽時，偷偷把他幹掉的。

但是，我不能這麼做。

原因很簡單——

「因為『無名』其實是『一個團體』。」

當A死掉後，就由B繼承無名之名，不斷進行輪迴。

就算我殺掉現在的無名，也會有下一個無名出現。

那麼，當然選擇保持現狀比較好，畢竟我跟現在的無名是同盟。

「但我一直很在意一點……」

她對白色死神的強烈渴望，究竟是怎麼維持的？

若每個無名是不同的個體，照理說這樣的情感不會變得如此熾烈才對。

她對我的執著非比尋常，就像是因為屍體不斷疊上去而產生的巨大恨意。

當然，也不能排除洗腦教育的可能性。

「但若是如此，就會有第二個說不通的地方了。」

隨著出現的次數越多，無名的實力就越接近我。

這到底是怎麼做到的？

「有一句話是這麼說的……過於超脫人類理解的科技，看起來就像是魔法一般。」

我原本也以為左櫻的「魔法」是超自然的力量，但真相大白後，才發現造就這一切都是「左」一手造就。

所以無名的不死之謎，其中必定有著我所不能明白的祕密。

直到拿到解開謎團的鑰匙前，我都必須偽裝成她的夥伴。

「奈唯亞，是我。」

在左歌出門幫左櫻進行上學前的準備後，一道有節奏的敲門聲從門外響起。

我趕緊打開門，迎接事前約好的無名。

「歡迎。」

只要妳存在，妳就會帶給左櫻和「LS任務」危險。

「歡迎妳來，無名。」

我帶著微笑，將我未來必定會殺死的人拉進門來。

幕間二

無名的製造

我是誰？
這裡是哪裡？
好多記憶和回憶湧入腦內，讓我感到一片混亂。
「你沒有名字。」
一隻冰冷的手按上我的頭。
「你也不存在於任何地方。」
名為暗鐮的人看著我，露出微笑說道：
「你只是個『死人的讀取器』，代號是『無名』。」
我是男也是女。
我是老人也是小孩。
只要有名為「無名」的殺手死亡，他們的人生就會湧入我的腦中。
「暗鐮大人，要不要暫停一下？」
蒙面殺手有些憂心地說道：
「無名看起來快受不了了，這樣下去，他應該會瘋掉吧？」

「沒關係，替代品要多少有多少。」

暗鐮將機械再度戴回無名的頭上說道：

「就算這個損壞了，也還有其他人能成為無名。」

我沒有名字。

所以我能成為任何人，任何人也能成為我。

「要製造『超人』，手段超越常人也是應該的。」

「但是，暗鐮大人——」

蒙面殺手絲毫不顧忌身為部下的身分，直言而諫。

「人類，是只能有一個人格的。」

「這個我當然明白，要不然多重人格也不會被稱為精神疾病了。」

不知為何，明明被頂撞了，但是暗鐮仍一臉開心。

或許他就是欣賞蒙面殺手這種態度，才把他視為重要的左右手吧。

「之前我們製造了無數個無名，卻沒有一個成功，不是嗎？」

「是啊，記得幾乎所有人都瘋掉或是自殺了。」

暗鐮看著不斷抽搐，口吐白沫的我說道：

「但我們也不算是一無所獲，實驗不就是這樣嗎？總是要經歷無數失敗後，才能朝著成功不斷修正。」

我曾看過無數個和我一樣的存在。

他們被迫接受死亡之人的人格，最後喪失了自我。

「蒙面殺手，你認為『自我』是什麼呢？」

「屬下認為，『自我』這種事物說來縹緲，但其實就像是『大海上的一葉扁舟』。」

「喔？怎麼說？」

「一個人一生中所看到、聽到、經歷的事情，數量龐大到足以化作一片海洋，而『自我』就是那艘在海中的小船。」

蒙面殺手指著自己的腦袋說道：

「『我在這邊』、『即使這裡廣大無邊界，我依然在這邊』、『即使我不知道接著我該往哪裡前進，我依然知道，我就在這邊。』——屬下認為，這樣的認知，就是所謂的『自我』。」

「譬喻得真好，你不去當心理醫生真是可惜了。」

「謝謝稱讚，屬下也認為自己很接近神經病。」

「本來我是真的在稱讚你的，但經你這樣一說後，感覺變得很微妙啊。」

「所以，多重人格的人，就類似在大海中有著多艘船吧，那麼感到混亂也是應該的，因為不知道自己究竟身處何方。」

「不過，還是有解決辦法吧。」

暗鐮露出邪惡的笑容說道：

「要不然我們也不會這麼做了。」

身為當事人的我，比誰都還清楚他們說的解決辦法是什麼。

他們將我的自我做了「標記」。

這道標記就像是地圖。

不管有幾艘船在海中都沒關係，只要有著指引我的工具，我就能知道我在何方。

「白色死神……」

在無數人格混合而成的洪流中，我喃喃地唸著我朝思暮想的對象。

「白色死神白色死神白色死神白色死神白色死神白色死神白色死神白色死神白色死神白色死神——」

我是為了打倒你而存在的。

我是為了成為你而存在的。

我是為了你而成為不了自己的。

我——

「我只有……你了……」

因為你，我發瘋了。

因為你，我才無法發瘋。

第三章

要是連操作人類都不會，當個隨扈可是活不下去的

剩餘報酬：89億

「無名，妳……」

看到進屋後的無名，我非常驚訝。

「這就是……我的真面目……」

她以有氣無力的聲音說道：

「就像妳為同盟展現了誠意……我想我也該以同樣的誠心回報妳……」

「這次」的無名是個嬌小的女孩子。

她有著一頭雜亂無比的長髮，長長的瀏海幾乎要蓋住眼睛。

穿著冬季制服的她戴著長長的圍巾，圍巾上繡著一個「晴」字，這條圍巾讓她只要稍稍低頭，就會蓋住嘴巴和下半部的臉龐。

或許是她的刻意為之，扣掉被遮掩的部分，她顯露在外的面容並不多。

——「我不知道……該如何停止我的『不死』……」

看著那條圍巾，我的腦中響起了一年前的話語。

「又是……『特異種』嗎？」

「嗯……什麼意思……」

聽到我這麼說，無名歪了歪頭。

「沒事。」

「雖然我殺手的代號叫無名……」

像是元氣不足，無名的聲音有著虛弱的斷續感。

「但我在外頭使用的名字……叫作『無月晴』……」

「……奈唯亞知道喔。」

左獨這傢伙……

我的腦中浮現了她微笑且得意的模樣。

她一定是在知道詳情的前提下這麼做的。

「畢竟，妳是奈唯亞的同班同學啊。」

無月晴竟然是二年異班的學生。

她比我想像中的還早就潛伏我們身邊。

雖然我知道班上每個學生都別有隱情。

但這個隱情也太大了。

將殺手和自己女兒安排在同一個班，左獨到底是想做什麼？

「畢竟我沒什麼存在感……」

無月晴捧起我端上的熱茶，輕啜了一口說道：

「我還以為妳有可能認不出我呢……」

她在班上確實總是孤身一人，我甚至沒看過她說過幾次話。

「『聖誕祭』時，我請『右』派一個人偽裝成無月晴，這樣我才有空去偽裝成左櫻的樣子。」

似乎很喜歡我泡的茶，她再度輕啜一口說道：

「多虧了平常的無存在感，沒有人發現不對勁。」

「『右』竟然會和妳合作……我可以將這視為『無』和『右』聯手了嗎？」

「就是如此沒錯。」

無月晴一臉平靜地說出驚天祕密。

「一開始是『右』先找上門，但暗鐮大人似乎也想要更多和白色死神對抗的力量，所以就答應合作了。」

「…………」

「那麼，現在『右』和『無』又想做什麼呢？」

「誰知道呢……」

「『聖誕祭』的計畫失敗後，妳為何還待在此處？」

「畢竟沒有新的命令……我心想，留在這邊找找白色死神也不錯。」

無月晴舉起已經空的茶杯說道：

「我可以再來一杯茶嗎？」

該怎麼說呢……

總覺得有點抓不到這人的感覺。

這次的無名感覺很特異。

輕飄飄的，毫無著力之處。

像是沒什麼在意的事物，也像是什麼都沒在思考。

該不會我現在問她「不死」之中藏著什麼祕密，她也會回答吧？

「那麼……進入正題吧……」

在喝了五杯茶後，無月晴環顧四周說道：

「這裡就是左歌老師——也就是白色死神住的地方吧？」

「是啊。」

「我們要安排怎樣的機關殺死她呢？毒殺？炸彈？還是乾脆點，埋伏在家中暗殺她？」

無月晴說起殺人很自然，就像是閒話家常。

「先別急。」

我趕緊阻止她說道：

「要是輕舉妄動，被左歌表姊發現不對勁，那一切就毀了。」

「對了，妳叫她表姊……？」

「我們並不是真的親戚，跟妳一樣，這只是左家借給我，一個暫時的身分。」

「原來如此。」

「不過也是多虧如此，才讓我發現表姊的真實身分。」

「真是幸運呢。」

無月晴輕輕拍了一下掌，真的就是象徵性的一下。

即使聽到白色死神的名字，這傢伙的表現也依舊很冷淡。

要是白鳴鏡的話，光是聽到白色死神之名就會興奮到喘氣啊？

這傢伙真的是無比執著白色死神的無名嗎？

不，說到底，這真的是她的真面目嗎？

說不定跟之前每次遇到她時一樣，這不過是她眾多偽裝的其中一面？

「嗚……」

突然地，無月晴身子一晃，她趕緊伸手摀住了嘴。

但即使第一時間遮掩，也仍然沒有抑制住從指縫中流出的鮮血。

「妳還好嗎？月晴學姊。」

「沒事……別在意……」

她用圍巾擦了擦淌下的鮮血，上頭的「晴」字因為血而變得通紅。

「這只是鍛鍊。」

「鍛鍊？」

「上次見到白色死神時，發現他有驚人的耐毒性。」

「該不會，妳——」

「我現在開始定期服毒了，為了拿到和白色死神一樣的技能。」

「……」

仔細一看，會發現她的肌膚帶著不健康的透明，過於蒼白的皮膚，連底下的血管都看得到。

這也同時讓我意識到了，眼前的無月晴沒有經過任何扮裝。

這是她最真實的模樣。

「……妳就不怕自己會死嗎？」

「沒事的。」

露出虛幻且微弱的笑容，無月晴說道：

「就算死掉，我也會復活的，所以沒關係的。」

原來是這樣啊。

所以她整個人才有那種漫不經心的感覺。

她根本不在意自己是死是活。

她滿腦子只想追到眼前的白色死神。

要是將這個目標拿開，她甚至有可能瞬間力竭倒下。

這次的無名雖然奇怪，但果然還是無名。

「雖然這樣問很奇怪……」

我看著她有些迷茫的雙眼說道：

「但妳是誰呢？」

「妳說得對……我是誰呢？」

無月晴再度擦了擦從嘴中流出的血說道：

「要是沒有白色死神，我會是誰呢？」

「……」

「我一直不被允許成為自己。」

她看著自己的手，喃喃說道：

「我一直被要求，要成為和他一樣——甚至是超越他的存在。」

「沒有人能成為另一個人。」

即使化妝術再高明都不行。

「但是，我只剩他了，也只有他了。」

她深深地低下頭，向我懇求道：

「所以，請妳幫我想一個白色死神會看向我的方法吧——」

「為此，我願意做任何事。」

在一堆事情都沒解決的狀況下，上學時間到了。

我和無月晴一同到了二年異班。

因為期末考，二年異班瀰漫著一股認真念書的氣息。

看來左獨的教育政策確實是成功的。

「奈唯亞，我很擅長數學，需要跟我一起體會數字的美好嗎？」

至於我則是老樣子，在坐到座位上後，馬上就被一群男生包圍。

「不管是怎樣複雜難解的方程式——」

「妳永遠是我唯一的解答。」

「…………」

看著自以為說得很好的男同學，我尷尬得都起雞皮疙瘩了，但我仍努力在表面上裝出一副深受感動的模樣。

雖然我的本意是不破壞我在他們心中的好印象，殊不知這反而起了反效果。

其他想討好我的男生誤以為這樣的攻勢對我很有用，紛紛丟出了他們擅長科目的浪漫臺詞。

「時間在物理中是一個絕對的定值，一小時有六十分鐘，一分鐘有六十秒，那麼一小時就有——」

「我思念著奈唯亞的三千六百秒。」

「…………」

你這跟非洲一分鐘有六十秒不是一樣意思嗎？

「就算是 believe，中間也藏著一個 lie。」

「但是 I love you 中間，只有 love 而已。」

「……………………」

I 跟 you 中間除了 love 之外，還有無法跨越的兩格空白喔。

「啊啊——為伊消得人憔悴——」

「寬衣解帶終不悔。」

是衣帶漸寬終不悔吧？別更改得如此變態好嗎？

「化學最重要的元素是什麼呢？我認為是鎂和鋅。」

「因為妳的鎂已偷走了我的鋅。」

「……………………」

我不行了。

高中生真是可怕。

這種毫無自覺的生物是怎麼造就出來的？我都快替他們羞愧而死了。

我使了個眼神，向站在前方講臺的左歌發出「救我」的求救信號。

「喂喂，你們這群男同學。」

左歌走了過來，介入我和男同學中央。

「沒看到奈唯亞感到很困擾嗎？」

「就是這樣，表姊——」

「還不繼續多說點！」

「…………」

「這樣的臺詞哪打得動奈唯亞，再多拿點具體的誠意出來啊！」

在左歌的慫恿下，男同學的浪漫攻勢變得更加變本加厲了。

不知為何，大家擅長的科目突然間都變成了健康教育。

左歌面無表情地朝我眨了眨眼，還在其他人看不到的地方對我豎起了大拇指。

妳根本就誤會我求助的意思了，別露出一副自己做得很好的得意模樣好嗎？

——盯。

此時，我注意到了有人在盯著我看。

我轉頭看向視線的來源，結果和左櫻四目相接。

「——！」

發現我在看她後，左櫻滿臉通紅，馬上將頭縮到了書本後方。

「…………」

最近在班上時，我一直覺得有人在看我，原來那人是左櫻啊。

這表現得也太明顯了。

所以說……那些戀愛喜劇的遲鈍男主角，到底是怎麼做到察覺不了他人心意的？

我輕輕地嘆了一口氣。

要是再這樣下去，被左獨和其他人察覺心意也是遲早的事。

我到底該怎麼做才好呢——

「……嗯？」

就在這瞬間，某種不對勁突然襲向了我。

儘管整個教室如此吵鬧，卻有一小塊地方彷彿從這個地方切離，從這個世界喪失了存在。

我瞄了一眼異常之處。

只見無月晴不知何時站了起來，她將自己的存在感完全消除，隱身在我身旁的混亂中。

彷彿散步一般，她悄悄地走過左歌身旁。

——銀光一閃。

配合著她行走的步伐，一道銀月從她手中出現，劃向左歌頸旁的大動脈。

「————————！」

連我都沒意料到，她下手竟是如此迅速和突然。

為了怕打草驚蛇，她特地混在同學之中進行暗殺。

要不是她將自己存在消除得如此完美，我甚至有可能根本就無法察覺她的行動。

現在的我是奈唯亞，無法出手阻止也無法出手反制。

那麼，能做的就只有一件事——

那就是讓左歌自己打敗無月晴。

我從手腕內側射出幾根細到難以目視的白色細絲，黏住左歌的身體。

「嗚喔喔——！」

在我的操縱下，身體自行動起來的左歌半側著身子，閃過了小刀。

知道一瞬間的暗殺以失敗告終，無月晴馬上收起了刀子，裝作什麼事都沒發生的模樣。

不過，不能讓事情就這樣結束。

必須給予警告和震懾才行。

我躲在左歌身後，用細絲繼續操縱左歌的身體，這次的目標是她的眼皮和舌頭。

「剛剛——」

左歌的雙眼一閉一睜，低聲說道：

「是誰？」

——猛烈的殺氣從她身上散發出來！

冰冷的寒氣從左歌身上爆發，擴散到了整個班上！

所有人無一例外地都被這股寒冷給震懾，就連無月晴都一瞬間停止了動作。

不過短短一剎那，喧鬧的班上就安靜得連一根針掉到地上都聽得到，所有人將目光集中在左歌身上，我也趁這個空檔將線收回，回到原本的位置。

「嗯？嗯？」

大家都感到很訝異，但我想最感驚訝的應該是左歌本身吧。

「這是怎麼回事……？」

她看著自己的雙手，陷入了沉思。

「原來是這樣嗎……」

她朝我的方向看過來。

雖然包含無月晴在內的人都沒發現我做了什麼，但若是朝夕相處的左歌，果然還是會發現嗎——

「我隱藏在身體深處的力量，終於覺醒了嗎？」

「…………」

「哼哼……我再也不用怕妳了，奈唯亞。」

這傢伙竟然用瞧不起我的眼神在看我！竟然用下巴在俯視我啊！

她果然是左櫻的女僕，兩個人的思考邏輯在某方面簡直一模一樣。

我釋放殺氣的本意是恫嚇無月晴，讓她不敢繼續輕舉妄動。

但是——

「呵呵……」

我的舉動似乎起了反效果。

因為確定了真正的白色死神是左歌，無月晴掩嘴露出了燦爛的笑容。

「呵呵……呵呵……呵呵……呵呵……呵呵……呵呵……」

事態，再度一如既往地開始脫離我能掌控的範疇。

「好疲憊……」

雖然最後無月晴並沒有再對左歌進行暗殺。

但因為我一直繃緊精神盯著無月晴，所以還是造成了不少壓力。

「奈唯亞，這樣就累了嗎？」

完全不知道發生什麼事的左歌，擺出令人火大的得意表情對我說道：

「有煩惱的話，要不要來找我這個『左歌·真』來商量看看啊。」

「左歌·真」是什麼？妳該不會真以為自己覺醒了吧。

時間是當天的中午。

在左櫻的提議下，今天的午餐會變成了期末考前的讀書會。

為了大家用餐方便，左櫻製作了大量的三明治。就像自助餐一樣，豬排、蝦排、魚排、照燒雞、咖哩豬、燉牛肉等各種口味的三明治放在鐵製餐盤上，供大家自由取用。

只是，今天參與午餐會的人比平常還多了一些。

自從上次用飛機雲表白後，左歌也加入了我們的聚會。

而今天除了固定的三名成員外，又多了一人。

「左櫻小姐。」

白鳴鏡露出不輸給太陽的笑容說道：

「妳親手做的三明治真是太美味了，能吃到的我真是有口福啊。」

「嗯、喔……」

「真希望之後每天都能吃到啊。」

「咦？這句話的意思該、該不會是求婚吧？」

「嗯？求婚？」

「不不不！沒事，是我想多了。」

白鳴鏡還是老樣子，用天生的優勢說出若不是帥哥就會被告性騷擾的話。

重點是他對自己的發言全然沒有自覺，真是個天生的小白臉人才。

「奈、奈唯亞。」

有些不知所措的左櫻將我拉到一旁道：

「對拒絕過的對象，應該用什麼樣的態度應對比較好啊？」

因為最近發生太多事，都忘了白鳴鏡曾向左櫻告白過並失敗。

不過看剛剛兩個人的對話，反而會覺得被甩的人是左櫻就是了。

「既然左櫻大人會不自在，為何要邀他來參加午餐會啊？」

「因為我想從較熟識的人開始，一步一步地結交朋友。」

左櫻望著正對三明治拍照，上傳ＩＧ的白鳴鏡說道：

「所以我決定了，第一個是左歌，第二個目標就是白鳴鏡班長。」

原來如此，因為認識的人還不多，所以才做了這樣的抉擇。

雖然是被自己拒絕過的人，但比起一般同學，畢竟關係還算是比較深的。

「這種問題就要問我了。」

不知為何，左歌突然跑來湊了熱鬧。

「不是我在自誇，我這輩子在談戀愛上還沒失敗過。」

因為妳這輩子根本就沒談過戀愛啊。

「喔喔……真不愧是左歌。」

聽到左歌這麼說，輕易受騙的左櫻露出了崇拜的眼神。

「大小姐知道若要用一個詞來概括男人，那會是什麼嗎？」

這開場白好熟稔，根本就是抄襲我平常的說話法。

「那就是『面子』。」

左歌指著自己的臉，一臉正經地說道：

「所謂的男人，就是『面子』的聚合物。」

「『面紙』……？」

「是『面子』不是『面紙』——不過好像也沒說錯，男人也是大量『面紙』的聚合物——痛！」

我從左櫻的目光死角給了左歌一腳，阻止她的變態發言繼續下去。

「總、總之，為了維護自己的面子，男人什麼事都幹得出來，例如身高多報十公分、月收入多報一萬、假裝自己其實是美少女之類的。」

最後那個例子很奇怪，該不會是針對我吧？

「原來如此，左歌妳懂的真多呢。」

「也就因為男人是這種生物的關係，當他被女生拒絕時，妳認為他會怎麼跟別人說呢？」

「會怎麼說？」

「他會說他其實是甩人的那方。」

「……」

「『啊啊，仔細想想左櫻根本配不上我啊。』、『我也只是抱著玩玩的心態告白而已，沒想到她那麼認真拒絕，真是笑死我了。』、『真要選的話，我寧願選左歌那樣子氣質高雅又有內涵的大美女。』」

最後那句絕對不可能。

不過左歌講的也不無道理就是了。

多數的男人的確會這樣解釋自己的失敗。

只是我不認為白鳴鏡會這樣亂說話，他對左櫻的告白大概也是認真的。

扣掉喜愛白色死神的部分，這傢伙基本上是個正經的好人。

只是可悲的是，這傢伙大概有百分之九十是該扣掉的部分。

「原來這傢伙私底下是這麼想的啊……」

被左歌的話給誤導，左櫻對遠方的白鳴鏡露出了敵意的眼神。

恭喜你，白鳴鏡，你什麼都沒做，但在左櫻心中已是個渣男了。

不過因為這對「ＬＳ任務」有利，我還是什麼都別做，讓這個誤會持續下去吧。

「所以，大小姐，妳根本不需要對他有歉疚之類的情感。」

「總之我對待班長的態度，就跟平常一樣就好了，是吧？」

「沒錯。」

「聽完左歌的說法，總感覺男人是個比我想像中還無可救藥的生物呢。」

左櫻朝我看了一眼，低聲說道：

「看來還是女人好……」

「…………………………」

聽到她這麼說，我感到身上的疲憊感更重了。

「這個問題到底該怎麼解啊……」

「ＬＳ任務」的核心內容，是讓左櫻遠離戀愛。

為了達成這個目標，我扮成了奈唯亞，將左櫻身旁的男人全數搶了過來。

我本來以為這樣就能高枕無憂了。

卻沒想到狀況急轉直下。

既然沒有男人，那就選女人啊。

這種「何不食肉糜」的發展是怎麼回事！

隨著時間過去，左櫻對我的愛戀之情越來越深。

或許會有人說我為何不乾脆跟她撕破臉算了。

但是「ＬＳ任務」的時間可是有兩年啊。

現在若是和她鬧翻，我就無法以閨密的身分操縱她周遭的人際關係了。

更別提左櫻一定會因為傷心而流淚，導致「LS任務」的報酬遭到嚴重的扣款。

再這樣下去，等到左獨發現左櫻對我的心意，那我就真的要變成貨真價實的奈唯亞了。

遠離她也不行，接近她也不對。

我到底該怎麼做啊？

「怎麼了？題目有這麼困難嗎？」

我面前的白鳴鏡抬起頭來問道：

「若是不嫌棄我的話，我可以教妳喔？」

在吃完飯後，我們四人分成了兩兩一組，開始進行了讀書會。

左櫻和左歌最近感情發展迅速，所以湊成了一組，至於我則跟剩下的白鳴鏡湊成了對。

可能是為了要唸書的關係，他戴上了眼鏡。

本來就是個帥哥的他，因為這副眼鏡多了一份書卷氣息。

「話說……」

趴在桌上的我咬著筆說道：

「左櫻大人不知道你親衛隊的身分，是嗎？」

「那是當然的。」

白鳴鏡一邊寫著習題一邊說道：

「畢竟左獨大人的要求，是要假扮她的同學，暗中保護左櫻小姐。」
「那你還跟她告白，不怕被左獨責備嗎？」
「只要是認真的，那又有什麼好怕的呢。」
白鳴鏡停下筆，露出已經下定決心的笑容說道：
「在和她告白前，我就已經做好在左獨大人面前下跪，懇求他把左櫻小姐交給我的心理準備了。」
真有男子氣概，聽了我都快愛上他了。
可惜因為左歌的胡說八道，左櫻現在把你視作面紙聚合而成的輕浮男了。
「因為欣賞和喜愛，所以才會有了告白的打算，這跟我的身分和職責無關，我不認為我做的選擇是錯的。」
「即使有可能會造成左櫻大人困擾？」
「若是純粹的愛戀，等於是在向對方熱情述說『妳是個很好的人』，怎麼可能會有人對這樣的感情困擾呢。」
「很好的人……是嗎？」
白鳴鏡的話，讓我不禁沉默了下來。
雖然只是偽裝的角色，但在左櫻眼中，奈唯亞是個很好的人是嗎？
——你都不覺得你自己很卑鄙嗎！

真是諷刺啊。

我竟有被這麼認為的一天。

「那麼在鳴鏡學長眼中，奈唯亞是怎樣的人呢？」

「嗯……」

我本以為他會隨意回答的。

但令我意外的是，聽到我這麼問後，白鳴鏡將眼鏡摘了下來，認真地看著我。

坦白說，被這麼仔細打量，讓我稍稍有些不自在。

「呀——呀——呀——那熱烈的眼光！那對視的兩人！」

吵死了，那邊的腐敗生物。

「非常抱歉，我無法評價。」

過了不知多久後，白鳴鏡戴回了眼鏡說道：

「奈唯亞是怎樣的人，不該由我來做評斷。」

「喔？」

「坦白說，第一眼見到妳時，我對妳是敵意比較多。」

「因為奈唯亞是外來者嗎？」

「沒錯，身為親衛隊，還是有最基本的自傲，我們認為自己就能保護好左櫻小姐，所以十分不解為何左獨大人要聘妳這個外人到島上。而且最可疑的地方是，不管我們怎麼查，都查不到奈唯亞妳來島之前的經歷。」

這也是當然的，畢竟奈唯亞只是個為了「ＬＳ任務」所創造的空殼而已。

「但沒花多久，妳就拔除了左櫻身上的『魔法』枷鎖、粉碎了『右』的陰謀和打入了她的心中，妳完成了親衛隊這十年都做不到的事。」

白鳴鏡將雙手放在膝上，正經無比地向我說道：

「妳以行動告訴了我，要是不主動點，只是躲在暗處，那事情永遠不會得到進展。」

「所以，你才向左櫻大人告白的嗎？」

「是啊，畢竟我想為自己尊敬她的心情做個了結。」

白鳴鏡摸著頭，有些不好意思地笑道：

「不過被拒絕就是了，看來我還是有待磨練呢。」

這傢伙真的是個不錯的人。

要是消除了左櫻對奈唯亞的戀愛之心，說不定還真的會被白鳴鏡得逞呢。

不對，這樣的話，不就代表只要有白鳴鏡存在，我就不能降低左櫻對我的好感度嗎？

「啊啊……」

我懊惱地抓著頭。

本來和白鳴鏡商討是要消除煩惱的，怎麼煩惱反而變得更多了呢？

「嗯……？」

此時，感受到不對勁的我，猛然抬起頭來！

——閃。

在極遠的地方，有著一道閃光。

這並不奇怪，現在是正午，說不定只是某種東西反射太陽光之後產生了這樣的光芒。

但是我心中的警報聲卻轟然大響！

順著這道直覺，我握住了裙中的槍。

接著的事，只在零點零一秒內發生。

我看到了一顆子彈呈現螺旋狀飛向左歌，瞄準了她的太陽穴。

有人在極遠的地方直接用狙擊槍狙擊！

現在已經不是顧慮身分曝光的時候了！

——砰！

藉著裙子的掩護，我打出了子彈，讓它撞上狙擊槍的子彈！

兩顆子彈碰撞在一起，在空中發出了火光，偏離彈軌落入了廣闊的藍天中。

「咦？剛剛那是什麼聲響？」

不知自己經歷生死一瞬間的左歌，莫名其妙地四處張望。

我趕緊倒出杯子中的水，用手指扣了一個環，讓其在手指環中形成一層水膜。

「奈唯亞，妳在做什麼？」

「我在製作望遠鏡。」

所謂的望遠鏡，不過是光線經過折射後放大的結果。

那麼，只要藉著水膜的幫助，再稍微改變一下眼睛中的水晶體折射率——我就能跟望遠鏡一樣看到數公里外！

「究竟為何啊……」

左歌一副難以置信地說道：

「我的魅力，真的輸給會做出這種鬥雞眼的人嗎……」

經過放大的視野，看到了圍巾的一角。

「無月晴……」

我雙手緊握拳頭。

不能讓她再這樣繼續下去了。

必須想個法子才行。

後來，當天午餐時的槍響，被白鳴鏡以一句「我聽歌唸書時，不小心播到爆音版」而蒙混過去。

至於我除了裙子被子彈打出一個洞外，還得承受左歌那異樣的眼光，以及莫名興奮地追問——

「跟我說說嘛！為何你跟白鳴鏡念書，會念到裙子多一個洞呢？快！跟我詳細說說——痛！」

我照例給她後腦一拳，讓她閉嘴。

早知道就不要救她了，說不定子彈貫穿她的腦袋後，反而會讓她更聰明一點。

「那麼，接著該怎麼做呢……」

獨自一人走在放學後的街上，我陷入了沉思。

我本來以為和無月晴結盟後，可以稍稍控制她的行為。

但是我錯了，大錯特錯。

當認定左歌是白色死神後，無月晴的行為極其過激。

她不在意會不會將無辜者捲入，也不在意自己的身分會不會曝光而遭到報復。

雖然現在的行為還停留在暗殺範疇，但要是再這樣演變下去，她甚至有可能將整棟學校爆破，就只是為了殺掉左歌。

無數解決現狀的方案在腦中展開。

將無月晴背後的「無」給毀滅？不可能，這個規模太耗大。

將左歌一直擺在我身邊？但左歌應該也不會願意。

一定有某個方案，是能同時守護左歌又能限制無月晴的——

「真是難得啊，白色死神竟然在煩惱。」

「咦？」

聽到絕對不該在此時出現的聲音，我驚訝地抬起頭來。

此時我才發現，才剛剛那短短的一瞬間，本來喧囂的街道突然變得空無一人。

「好久不見了，白色死神。」

穿著黑色西裝套裝，腳上蹬著足以當作鏡子的光亮皮鞋。

在我眼前的女人甩著身後的長馬尾，背倚著路燈下的圍牆。

「左當家……」

並不是一直以來出現在他人面前的替身，而是貨真價實的左獨。

「妳出現在這邊，真的好嗎？」

「反正除了你之外，也沒人知道我是誰。」

左獨掩嘴輕笑道：

「就算被看到也沒關係。」

雖然她不贊同前任當家的理論，但她的孤獨還是帶給了她力量。

除了無人知曉真正的左獨是誰外，就算真的看到了，也不認為她是左獨。

那麼，她是怎麼認知自己的？

「真是悠哉啊，甚至可以說簡直不像你呢，白色死神。」

「嗯……？」

「你竟然不懂我話中的意思？已經退化到這地步了嗎？」

「…………」

「現在是為了左歌和無月晴而忙碌的時候嗎？」

「……咦？」

「是在和平的學校生活太久，讓你身為白色死神的本能遲鈍了嗎？」

左獨緩步走向我，堅硬的皮鞋發出了「喀喀」的刺耳聲響。

「你現在的樣子，真讓人看不下去。」

雖然臉上仍帶著淺笑，但她的雙眼中完全沒有笑意。

「真正的白色死神，不是個除了自己和自己的目的外，對任何事都不放在心上的人嗎？」

左獨冰冷的視線刺了過來，就像是責備道：

「就因為被他人期待，所以你迷失了自己嗎？誤以為自己是個好人了嗎？」

「……妳到底想說什麼？」

「你還沒發現嗎？無月晴與其說是執著白色死神，不如說是——」

「她希望和白色死神有所交集。」

「————！」

隱隱察覺了什麼的我，心臟突然快速跳動。

「她不在乎自己的生和死，也不在乎其他的事情，既然她因為白色死神而生，那就意味著她只能從白色死神身上，感受到自己活著的實感。」

——**請你幫我想一個白色死神會看向我的方法吧，為此，我願意做任何事。**

「妳說得沒錯……」

因為過度的緊張，我感到喉嚨乾渴，視野也變得狹小。

「要是左歌一直沒給予她反應，那無月晴接著會怎麼做呢？還會繼續進行暗殺嗎？」

「不會。」

她會無所不用其極地尋求各種方式去刺激左歌，只為了得到她的反應。

她會、她會——

終於明瞭自己是多麼愚蠢的我，轉身就跑！

「很好，還不算無可救藥。」

身後傳來了左獨的低語，但我無暇在意。

「放心吧，之後還有機會見面的。」

聽著耳中眾多的竊聽器聲音，我在建築物上方不斷飛躍，以最快的速度朝著自己的目標前行。

——就因為被他人期待，所以你迷失了自己嗎？誤以為自己是個好人了嗎？

左獨的這句話，精準地刺進了我的內心中。

我早就瞭解了自己是怎樣的人，也從來沒有後悔自己的所作所為。

——要是能當英雄，誰要當卑鄙小人呢？

但我一直忘了一件事。

其實我的心中，有著希望能成為英雄的渴望。

這些日子，左櫻對我展現了無盡的好感。

這一瞬間迷惑了我。

讓我誤以為自己或許能成為英雄。

於是，我開始保護左歌，開始認真想要破解無月晴的不死之謎。

但是，我錯了。

我根本就沒有這個餘力去考慮「守護目標」以外的事。

我能想的，一直都只有左櫻啊。

「我竟然……犯了這樣的錯誤……」

等到我抵達目的地後，懊悔的我緊握拳頭。

在昏黃的路燈下，左櫻躺在冰冷的地板上，一動也不動。

「啊……奈唯亞……」

無月晴對我露出了虛弱的微笑，手中握著槍。

——要是左歌一直沒給予她反應，那無月晴接著會怎麼做呢？

那當然是暗殺左歌的主人，左櫻。

因為這是最容易激怒她的行為。

「這樣……白色死神也會看向我了吧？」

「妳說得對。」

他必定會睜著通紅的雙眼看向妳。

——砰！

我以幾乎讓人看不到的速度拔出槍來開了一槍。

子彈正中無月晴的額頭——那個和我頭上傷痕一模一樣的位置。

「——咦？」

她露出了錯愕無比的表情。

但是，我並沒有就此停手。

——砰、砰、砰砰！

對著倒在地上的無月晴，我接連開了九槍，將彈匣中剩餘的子彈全數打在她的身體，確保可以置她於死地。

噴濺而出的鮮血染紅了她的圍巾，也把上頭的「晴」字給淹沒。

我早該這麼做的。

只要確認她對左櫻來說是個危險因子，我就該第一瞬間這麼做的。

若是白色死神，他必定會這麼做的。

「我再也不會迷惘了。」

我彎下身去，確認無月晴的心跳和脈搏都已停止。

「因為，我就是這樣的卑鄙小人。」

我根本就不該考慮拯救任何人。

「只要妨礙我的任務，那妳就去死吧。」

就算妳是我的同班同學——就算妳跟我締結了同盟之約，那也都跟我無關。

「——像你這樣的卑鄙小人，最後一定會不得好死。」

正好相反。

就是因為我只考慮自己，我才得以存活到現在。

她或許會換個樣子再度復活吧。

並且以更加強勁的實力出現在我面前。

但不管「無名」這個團隊總共有幾人，終會有用盡的一天。

「只要……每次都殺掉妳就好。」

看著渾身是血，不知為何露出滿足笑容的無月晴，我露出了絕對不能被人看到的扭曲笑容。

幕間三 無名之名

——我沒有名字。

暗鐮大人這麼跟我說了。

為了讓我成為死人的容器，我必須空空如也才行。

但是，名字是一個人的道標。

若是沒有名字，我要怎麼知道我是誰呢？

成為白色死神的道路十分漫長和遙遠，不少人迷失在永遠看不到盡頭的大海中，就此喪失了理智。

我之所以能倖存下來，只不過是因為我比他人稍微特別一點而已。

「月亮……」

被關在狹小的監牢中，我唯一能看到的事物，是鐵窗外的月亮。

隨著時間推移，月亮不斷地改變它的姿態。

在某個死去殺手的記憶——不，應該說是我的記憶中，有著關於月亮的知識。

月亮的模樣雖看似千變萬化，但它其實是以一個月為週期。

「陰晴圓缺……」

不斷輪迴、不斷重複。

歷經了幾千萬年的時光，它始終不滅。

仰望著天上的明月，我就像是被那道皎潔的光芒所引導，輕聲說出了願望。

那或許是我第一次——也是唯一一次擁有自我吧。

「如果哪天我能擁有名字……」

我想要取個和月亮有關的名字。

並不是因為它永遠存在。

而是因為就算缺損得再嚴重，它始終會迎來盈滿的一天。

第四章 要是連當個人渣都不會，當個隨扈可是活不下去的

剩餘報酬：89億

在我殺了無月晴後，左獨悄聲無息地出現了。

她露出讚賞的笑容，淡淡地說了句「接著就交給我吧」，接著就和不知哪裡來的親衛隊，一同和無月晴消失了。

確認有人處理屍體後，我馬上抱起了地上的左櫻。

從剛剛左獨的態度中，我判斷左櫻或許還活著。

因為若是她已死了，左獨根本就不會放過我，也不會是這種反應。

「……好燙。」

左櫻的身體，就像是燒起來一般灼熱。

現在這個地方無法仔細察看她的身體，但左櫻並沒有明顯的外傷。

是被無月晴下了毒？

這確實很有可能，畢竟無月晴最近潛心鑽研毒藥。

而且若是對左櫻下了毒，接著就能以解藥要脅白色死神。

不管實際狀況如何，現在都必須盡快處置才行。

帶她回我和左歌的住處？但那邊是老師宿舍，要是撞到其他住在裡頭的老師，還得費一番功夫解釋。現在的我，沒有任何一分一秒可以浪費。

我需要一個絕對不會碰到其他人的地方。

「那麼，就只能去左櫻的住處了。」

雖然知道所在，但我一次都沒進去過。

因為左歌曾一臉嚴肅地告誡我絕對不能闖入。

可能知道我本來就是個會破壞約定的人，她甚至搬出左獨來威脅我，說若是我毀約的話，她必定會跟左獨報告。

左獨很熟我的性子，這或許是她為了守住左櫻的隱私所做的事前警告吧。

要不然基於安全的考量，我必定會在左櫻的房間中裝滿監視器和竊聽器。

總之，為了不和「左」鬧翻，我從不曾踏進左櫻的房間中。

那是僅屬於左歌和左櫻的領域。

「但現在狀態緊急，也只能打破戒條了。」

我以公主抱的方式抱起昏迷不醒的左櫻，跳上了建築物。

此時我發現，天空的月亮不知何時被雲層遮住，變得一片黯淡。

* * *

左櫻似乎在「左」的本家也有自己的房間，但她多數時候是待在五色高中配給她的學生宿舍。

不過因為身分特殊的關係，她的住處被單獨劃分出來。

一棟二層樓的平房，就這樣獨立在所有學生之外——就像是她一直以來的處境一樣。

「這邊！」

等到我來到左櫻的住處後，一個出乎意料的人已經等在門口了。

「可能用得到的醫療用具我都準備在裡頭了。」

「左歌……妳怎麼會在這邊？」

「當家請我過來的，現在不是說這個的時候了，快點進去吧。」

左歌伸出手，對準了門口的機械，在進行指紋、聲紋及眼睛虹膜認證後，門發出「嗶」的聲響後緩緩開啟。

「防範真嚴密啊。」

「這可是左家繼承人的住處啊，這點程度哪算得上什麼。」

這倒是真的，要是我的話，有一百種破解的方法。

不過我猜左獨肯定在我想不到的地方留了一手。

一直以來我能邁過那麼多生死關頭，是因為對生死很敏感。

我比誰都還珍惜自己的命，只要遭遇危機，我的本能就會事前向我發送警告。

而當我見到左獨的那刻，我的直覺就第一時間告訴我，最好不要與此人為敵。

她就是如此恐怖的存在。

「你是第一次看到吧？這裡就是大小姐住的地方。」

左歌打開門後，呈現在我面前的是一棟再普通不過的房子。

沒有任何華麗的裝潢，也沒有任何奢靡的家具。

一樓的格局是兩個房間、一個廚房和浴室，客廳則是鋪設了木製地板。

雖然表面上看起來很正常，但感覺那裡不太對勁的我，卻忍不住四處張望。

「……太過乾淨了。」

這裡完全沒有任何生活的痕跡。

沒有垃圾、沒有髒汙、沒有娛樂用品、沒有任何突顯個性的擺設。

只有必要的生活器具和家具用品，就像是沒有住人的新屋。

這種冷冰冰的氛圍，甚至會有種刻意在模仿一般家庭的感覺。

「因為大小姐很忙碌，除了上學之外的時間，她都必須學習才藝和以左家公主的身分和貴賓應酬。」

「也就是說，她待在這屋子的時間不長囉？」

「不如說她根本沒有屬於自己的時間吧，常常我陪她應酬歸來後，都已是深夜了。」

左歌帶著我，踩上了通往二樓的樓梯。

「大小姐和我的房間在二樓，除了這兩個房間外，其他客房都是封閉的。」

「為何？」

「因為這個家，絕對不會有其他人來訪。」

「…………」

若是不披上左櫻公主的外皮，左櫻有時言行十分誇張。

對此，我曾納悶過。

就算再怎麼不懂和人交際，也不至於到這樣的地步。

但當看到她住的地方後，我想我似乎明瞭為何會如此了。

因為真正的左櫻——

似乎並不允許存在於任何地方。

「這裡就是大小姐的房間。」

在一間樸素至極的木門外，左歌停下腳步。

「接著，先暫時將大小姐交給我。」

「為什麼？」

「你是要檢查大小姐身上有沒有傷口吧？」

左歌瞪了我一眼道：

「雖然我知道你是一片好心，但我可不能讓大小姐的裸體就這樣被男人看光光。」

這大概也是左獨的命令吧。

「放心吧，雖然我是這麼無能的人。」

左歌從我手上，穩穩地接下左櫻。

「但只要是在大小姐面前，我就是無敵的。」

身為左櫻的專屬女僕，左歌似乎還是有著最基本的醫療知識。

她剛剛的眼神透露出了自傲和決心，於是我放心將看護左櫻的任務交給了她。

過了約莫二十分鐘後，木門輕輕推了開。

「唔嗯……」

左歌一臉複雜至極的表情。

「怎麼了嗎？」

「大小姐的身上沒有任何外傷，不用擔心。」

那麼，就是強制灌入毒藥之類的？不，或許是從肌膚入侵的無痕毒藥。

「我初步進行診斷後，認為大小姐是……」

說到一半，左歌搖了搖頭說道：

「算了，我還是不要說好了，免得影響你的判斷。」

她從我身邊穿了過去，往樓下走去。

「我在樓下等你們，好了之後叫我一聲。」

「咦？妳不跟我進去嗎？」

「還是讓你們獨處比較好，畢竟，你是第一次進大小姐的房間。」

「什麼意思？」

「沒事。」

左歌回過頭來，露出了有些壞心眼的微笑說道：

「雖然我確實有些好奇你會有什麼反應就是了。」

我還是第一次看到她這種表情。

她一定是在打什麼壞主意。

「不管怎麼樣……只要進去就知道了。」

我握住了門把，推開了門。

——啪。

我聽到了紙張飛舞的聲音。

第一瞬間我以為是什麼陷阱，於是身體不自覺地繃緊。

但是我感知危險的本能並沒有運作。

那麼，剛剛聽到的聲音是怎麼回事？

這個疑問很快的就有了解答。

陰暗的房間因為外頭的光源而逐漸變得光亮，現出了原本的模樣。

「咦……？」

此時我發現了，房間的四面牆和天花板上都貼著大量的紙張。

僅僅是因為開門的小動作，就吹動了這些紙，發出了「劈啪」聲響。

窗外的陰雲逐漸散去，銀白色的月光灑入房間，一點一滴地塗亮了紙張上頭的字。

——**要像奈唯亞一樣笑臉迎人**。

紙上的字非常端正，而且散發著一股墨香。

看著那些紙，我的眼前浮現了左櫻認真跪坐在地上，用毛筆一筆一劃寫字的畫面。

——要像奈唯亞一樣，好好注視著同學。

——要像奈唯亞一樣，跟任何人都能開心聊天。

——要像奈唯亞一樣，總是把服裝和頭髮整理得一絲不苟。

我想到了一直偷偷注視著我的左櫻，也想到了最近她那顯而易見的改變。

「原來……她是為了這個才盯著我看的。」

夜風此時吹來。

大量的紙張從牆上脫落，就像雪片一樣飛舞。

——要像奈唯亞一樣，在吃美味的東西時露出幸福的表情。

——要像奈唯亞一樣，在面對困難時，會適時的跟同學求助。

——要像奈唯亞一樣，開心的時候會雙手捧著臉頰，露出可愛的笑容。

「真是傻瓜……」

那些全都是我的算計啊。

全都是我為了吸引男同學，才特意做出的做作行為。

——要像奈唯亞一樣溫柔。

——要像奈唯亞一樣堅強。

——要像奈唯亞一樣善良。

「真的是……大傻瓜……」

——終有一天，我要像奈唯亞一樣，成為一個能帶給他人幸福的人。

當看到這句話的瞬間——

我的心中被一股暖意填滿，但同時間也感到既酸且痛。

這是我這輩子第一次出現的感覺。

就連擅長分析的我，都不知道那是什麼。

我終於明白，剛剛左歌刻意不跟我進來，其實是體恤我的一種行為。

我不知道現在的我是什麼表情，但不知為何——

我很慶幸自己看不到。

「奈唯亞……」

躺在床上的左櫻，就連作夢都在呼喚我的名字。

除了大量的紙外，這間房間只有桌子和一張單人床。

「奈唯亞，妳看著喔……」

發著高燒的左櫻，喃喃唸道：

「我已經可以跟妳一樣了，和其他人正常交流了……」

不斷看著那些紙，不斷地提醒自己該做什麼。

左櫻拚了命地想追上我的腳步。

「總有一天，我要站在妳身邊……讓妳以我為傲……」

心中那不可思議的感覺越來越盛，我拚了命地壓抑住這份情感，努力一如往常地幫左櫻診斷。

「嗯……？」

雖然體溫很高，但是心跳和脈搏都是正常。

為了保險起見，我再度看了看她的眼睛和嘴脣，結果看起來都不像是中毒的樣子。

「也就是說……只是單純的發高燒？」

無月晴什麼都沒對她做？

也或許是正要做時，左櫻已經暈倒在地上了？

但她為什麼會突然發燒呢？

我再度進行一次診斷後，察覺了病因為何。

「這是過勞引起的高燒。」

當意識到這個事實的瞬間，我的腦中浮現了每天會固定舉辦的午餐會。

我走到她的桌子察看，結果發現上頭留下了大量的食譜。

從每一道料理的準備時間逆推，左櫻每天大概都只睡了三個小時左右。

「……這樣當然會過勞啊。」

不只要修復自己的交際障礙，還必須花心神準備盛大的午餐會。

本來所剩無幾的個人時間，還必須對其更進一步的壓榨。

「真是傻瓜……被我騙了都不知道。」

不需要在意，也不需要感到罪惡感。

那是左櫻自己願意這麼做的。

我可是自私的白色死神啊，除了金錢和自己之外，什麼都不放在眼裡的人渣。

——**終有一天，我要像奈唯亞一樣，成為一個能帶給他人幸福的人。**

但是，左櫻卻不是這麼看我的。

要是能當英雄，誰想當個卑鄙小人呢。

我知道的，我這輩子註定就只能如此了。

但是——

在左櫻心中，我大概是不容分說的英雄吧。

我坐在左櫻床邊，用溼毛巾輕輕擦著她的額頭。

因為我的這個舉動，她的痛苦似乎稍稍緩減了些。

——**「若是純粹的愛戀，等於是在向對方熱情述說『妳是個很好的人』，怎麼可能**

會有人對這樣的感情困擾呢。」

「白鳴鏡，你錯了。」

看著左櫻的睡臉，我回應著白鳴鏡過去曾跟我說過的話。

「對於這樣的感情，我很困擾。」

當晚，我費心照顧了左櫻一整晚。

心中那股奇怪的悸動，一直沒有平息。

時間不知不覺流逝，很快地就迎來了天亮的時刻。

經過我一晚的看護後，左櫻的高燒很快地消退，陷入深深的沉眠。

當確認她已經沒事後，我走到一樓，卻發現左歌不知何時已經離開了。

她大概是察覺了我心中那複雜的情感，所以才刻意先行回家。

這樣就能以此為藉口，裝作沒發現我照顧左櫻一整晚的事實。

這傢伙在奇怪的地方，還真是意外的體貼和敏銳。

「今天，就跟學校請個假吧。」

我繫上圍裙，做好了雞蛋熱粥，讓左櫻醒來後可以吃。

但就在料理到一半時——

——叩叩。

敲門聲響了起來。

「來了。」

因為這邊除了左歌之外無人會來，所以我不疑有他地打開了門。

「表姊，妳是不是什麼東西忘了帶——」

「啊……好久不見了……」

「…………………」

當看到站在我面前的人是誰後，震驚的我一句話都說不出來。

我曾以為，人類不可能死而復生。

我曾以為，所謂的「不死」是奇幻小說中才會出現的情節。

之前每次與無名的戰鬥，我所看到的都是他不同的模樣。

所以，我認定了「無名」是一個團體。

只要死掉一人，就會有後繼者補上。

當無月晴死掉後，我認為出現在我面前的會是另一個人。

但是——

「早安……奈唯亞……」

無月晴向我打了聲招呼。

出現在我面前的，是和無月晴長相、打扮全然一致的人。

她的肌膚因為服毒而露出了血管，顯示出她並沒有經過任何化妝。

「我來這邊是想問妳……」

撥開額頭的瀏海，無月晴現出了已經癒合的彈痕。

「昨天晚上——」

「妳為什麼要把我殺了呢？」

「……昨天晚上？」

「是啊，妳不是朝我開槍了嗎？而且總共開了九槍……」

她拉起了衣服，露出了昨天中彈的地方。

就跟她的額頭一樣，這些地方全數都癒合了。

「…………」

看著眼前這顯然超脫現實的事實，我陷入了深深的沉默。

不妙。

這真的不妙。

不只重生而已，她甚至還有死之前的記憶嗎？

所以無名並不是一個團隊？所以她才能越死越強？

因為她可以繼承死之前的一切？

這也太不合理了吧！

「我昨晚確實是想襲擊左櫻的，但就在跟蹤她到一半時，她突然倒了下去。」

無月晴拉了拉圍巾說道：

「雖然有點猶豫要不要叫人來，但我想說藉此刺激白色死神也不錯，乾脆就把這狀況當作我已經對左櫻下手好了，接著我就被突然出現的妳開槍打死了……」

「月晴學姊，妳聽我說……」

「啊，對了……」

無月晴不疾不徐地說道：

「因為死過一次了，所以現在我的名字不叫『無月晴』，而是『無月陰』……」

「什麼意思？」

「我的名字是從月亮來的，而月有『陰晴圓缺』。」

此時我注意到了，她身上那條染血的圍巾已經換新，上頭繡著的「晴」字轉為了「陰」。

「無月陰」指著那個「陰」字說道：

「我用『陰晴圓缺』這個成語記錄我死亡的次數。」

「記錄？」

「最一開始時，我的名字叫無圓缺，若是一不小心死了，那會變成無月晴，以這個順序推下去，接著當然就是無月陰。」

就跟月亮一樣，有著永遠的陰晴圓缺。

——若是我現在向你提出委託，希望你保護我，那麼你會選擇怎麼做呢？

腦中響起了一年前的話語。

「……那麼，這已是第幾次了呢？」

「嗯？」

「妳那不斷重來的人生，已是第幾次了？」

「唔嗯，我已經記不清楚了……」

無月陰露出淡到幾乎看不到的笑容說道：

「但至少已經有一百次了吧。」

雖然無法精確計算，但這十年來，我遇到的無名數量，大概也是這數量。

這人究竟是怎麼回事？

不只死而復生，就連傷口都癒合了。

這可是連我這個白色死神都做不到的事啊。

她到底有著什麼樣的祕密？又為何能做到這種非常理的事？

「對了對了……剛剛的話題還沒談完呢。」

無名從裙子拿出槍，指著我說道：

「奈唯亞，妳不是和我結盟了嗎？為何要殺了我呢？」

「………………」

不管怎麼運轉腦袋，都找不出一個合適的藉口。

要拔出槍來反殺她嗎？

若是這麼做就能解決問題，我一定會毫不猶豫地下手。

但是這一點用也沒有。

從無月陰剛剛的話來判斷，我必須假設她可以繼承死之前的所有記憶和技能。

就像是讀取了存檔，重新來過。

若是我再殺她一次，就算是再愚蠢的人，都能發現奈唯亞這個人不對勁。

要是被下一個復活的人起了疑心，那執著於白色死神的無名，一定能發現我的真實身分。

「奈唯亞聽不懂妳在說什麼。」

這裡只能賭上一把了。

我將手藏在背後，用手指輕敲著藏在口袋中的手機。

藉著這方式，我將指示傳出去。

「昨天晚上我根本沒有出門，一直待在家中看書。」

「喔？」

「所以妳雖然那麼肯定奈唯亞殺了妳，但我根本聽不懂妳在說什麼。」

「唔……可是……」

無月陰歪著頭，疑惑說道：

「那時我所看到的，毫無疑問的是奈唯亞妳啊？」

「那麼，或許是如此……」

我指著自己的臉說道：

「白色死神知道我跟妳結盟，所以化妝成我的樣子去襲擊妳，想要破壞我們之間的合作關係。」

「嗯……？」

無月陰思考一會兒後，搖了搖頭說道：

「這說法不合理，若白色死神的目的真的是破壞我們之間的合作，那把我殺了後，這合作關係也不復存在，他不用特地偽裝成妳的模樣。」

無月陰雖看似什麼都沒在想，但她並不是笨蛋。

「那麼……還有什麼想說的嗎？」

無月陰拉動滑套，將子彈上膛後說道：

「要是沒有的話……我就開槍了……」

「等一下！妳昨天看到的真的不是我！」

我舉起雙手大聲說道：

「相信我！我真的是妳的同伴啊！」

已經沒有任何可用的理由了。

將希望都賭在他人身上，十分不符我的作風。

但這已是唯一的辦法。

注視著無月陰手上的槍口，我感到自己就像站在懸崖邊緣，只要一個失足就會墮入萬丈深淵。

「抱歉，我已無法再相信妳。」

露出了什麼都無所謂的笑容，無月陰緩緩扣下了扳機。

「再見了，奈唯亞。」

——砰！

一道槍聲響了起來！

就在我以為計畫已經失敗時——

——砰！

子彈打破窗戶，擦過了無月陰的臉頰，劃出了一道淡淡的血痕。

面露驚訝之色的她轉頭看向窗外。

「————！」

就像是見到許久不見的戀人，她全身微微顫抖。

「白色死神……」

白色死神——海溫站在窗外，手中拿著的槍冒出了擊發子彈後所產生的硝煙。

終於……趕上了嗎？

在和無月陰碰面的那刻，我就擬定了這樣的對策。

要怎麼消除我的嫌疑呢？

很簡單，只要請白色死神出場就好。

若是他和我同時現身，那我的嫌疑就會自動消失。

「奈唯亞，是白色死神耶……」

不顧剛才還想殺我的事，放下槍的無月陰輕拉著我的袖子說道：

「終於……他終於主動來找我了……嗚……」

幾滴淚水，就這樣從她眼中滑落。

「…………………………」

她的反應，就像是見到了許久不見的戀人。

但窗外的白色死神其實是白鳴鏡。

他按照我發去的照片，化妝成了海溫的模樣。

我一直以來都思考錯誤了。

能限制無月陰行動的事物，不是死亡，也不是同盟之約。

唯一能控制她的事物只有一個——那就是殺了她無數次的白色死神。

「無名。」

窗外的海溫低聲道：

「我並不是左歌，妳和奈唯亞都誤會了。」

雖然聲音像是從遠方傳來。

但實際上是站在無月陰身邊的我，用腹語術說的。

「如果你不是左歌老師……那為何我對她的攻擊都失效了呢？」

「那當然是因為她也是個不亞於我的高手。」

「原來如此……不愧是左櫻的專屬女僕，平常的愚蠢模樣都是裝的嗎？」

「不過，不管她是怎麼樣的人都無所謂，妳似乎還不夠瞭解我。」

白鳴鏡配合我的話，露出了奸險的笑容說道：

「不管妳襲擊多少人，那都跟我無關，我永遠只會為了自己而行動。」

「沒錯……你就是這種卑鄙小人……」

聽到這句話，無月陰露出了如花一般的笑顏。

「不過，傷腦筋的是，不管怎麼殺都殺不死妳，而妳也是吧，一直找不到我到底藏在哪裡。」

「是啊，這種無止盡的捉迷藏到底要持續到何時呢……不過我擁有無盡的生命……遲早會逮到你的。」

「我對此也膩了，要不要乾脆點，和我來場對決呢？」

「對決？」

「我就躲藏在五色高中內，只要妳發現我平常假扮成誰，我就將自己的命乖乖奉上。」

「喔？」

「但是，若是在期末考結束時妳還找不出答案，那就是我的勝利，我要求妳告訴我妳的不死之祕，並永遠不要再糾纏我。」

「很有趣的遊戲，但是不行。」

無名陰搖了搖頭說道：

「你是個不會守約的人……」

「那麼，這樣如何呢？」

白鳴鏡假扮成的海溫突然單膝跪下，對著無名陰認真地說道：

「把這當成正式的工作委託吧。」

「喔……？」

「只要我輸了，我就以白色死神之名奉妳為主，盡心守護妳。」

任務達成率百分之百，是身為白色死神的我唯一的戒條。

我會為了自己說謊、會為了自己背叛他人，更會為了眼前的利益違背約定。

但只要是有關隨扈的約定，那對我而言就是絕對的誓言。

可能知道我的話具有多重的分量吧。

無月陰的雙眼，再度淌下了兩道細細的淚水。

「真是開心呢……」

她用圍巾遮住了臉的下半部，像是不想讓人看到她感動的神情。

「竟能收到白色死神奉獻一生的告白，我真是太幸福了……」

「那麼，就此一言為定。」

「這是……最後的捉迷藏了……」

無月陰和白鳴鏡隔窗互望，同時露出了笑容。

我曾殺過妳無數次，而不斷跨過死亡的妳，一點一滴地靠近了我，終於來到了我身旁。

「交給我吧，月陰學姊。」

站在她身旁的我，用原本的聲音說道：

「奈唯亞已經想好找出白色死神的方法了。」

但就算再靠近，妳依舊沒發現站在妳身旁的人是誰。

這場遊戲的勝者，是我。

在騷動過後，心滿意足的無月陰離去了。

在期末考前，想必她會安分點吧？

比較難處理的反而是白鳴鏡這邊。

突然被我叫來，被我強迫扮裝成另一人，而且——

他還聽到了白色死神之名。

「傷腦筋啊……」

我坐在一樓的沙發處，只覺得渾身疲憊。

從昨天晚上開始，盡是一堆難處理的事情，我有種遭遇車輪戰的感覺。

「雖然跟白鳴鏡坦白真實身分，似乎也不是不行……」

明明聽到了他在意無比的情報，但看我什麼都沒解釋，他還是選擇了什麼都不問。

這種深信我終有一天會說的態度，雖然讓我感激，也讓我傷腦筋。

要是他拚命追問，我還比較容易胡扯一通呢。

「但是不到最後關頭，我還是想避免這麼做。」

越多人知道我的身分，我就越有可能面臨危險，「LS任務」失敗的可能性也就越高。

白鳴鏡那邊還是先暫時擱置吧。

「我得先處理無名的『不死』才行。」

就像月有陰晴圓缺，人也有所謂的生老病死。

這是無可違背的自然常理。

但是無名卻做到了死而復生和高速復原。

而且不只如此，她還能繼續死前的記憶。

「對了……」

只要向「她」確認一下「某項事實」，或許就能破解無名的不死之謎——

——叮鈴鈴！

就在我這麼想時，我的手機突然響起了聲音。

我看了看來電者，發現不知為何顯示一片空白。

「喂喂，奈唯亞。」

接起電話後，左獨開朗的聲音從電話中傳來。

「我就想你差不多該找我了。」

「……妳才是真正的魔法使吧？」

真不愧是左櫻的母親。

我該不會一直被她所監視著吧？

「別看我這樣，期末考前夕我也是很忙的，有什麼話快些說。」

「為何期末考會跟妳有關係？」

「看大家都這麼認真，我也想盡一份心力啊，所以我也加入出題者的行列了。」

「…………」

其實妳根本就很閒吧？

「話又說回來，你似乎正被無名的『不死』所困擾？」

「沒錯。」

「對於這件事我也做了不少調查，畢竟『右』和『無』也算是我的敵人嘛。」

「有發現什麼嗎？」

「我直接說結論吧——」

「——這世間根本沒有『不死』這種違背常理的事。」

「……果然，和我想的一樣。」

「而且，不只如此，我想就連『無名』本人，都不知道自己為何『不死』。」

「連她自己都不知道……？」

「**我不知道……該如何停止我的『不死』……**」

我的腦中，突然浮現出了一年前的聲音。

「就我看來，這件事光是解開真相是不夠的，真正麻煩的，反而是真相揭曉後的處理。」

「左當家說的像是已經知曉其中的機關。」

「要是連我都不知道，那這世上就沒人會知道了。」

左獨突然輕笑一聲道：

「但我是不會將答案跟你說的。」

真是個性格很差的女人。

「啊，你剛是不是在心中說我性格很差？」

「怎麼會呢？左當家是我看過最善良、最完美的女性了。」

「我可不是左櫻，才不會這麼簡單就被唬弄過去喔。」

「好吧，我說真心話。」

我以再也嚴肅不過的聲音說道：

「左當家是我看過最有錢的女人了。」

「……你的真心稱讚聽起來很微妙。」

「不過，不跟我說真相真的好嗎？妳的女兒說不定會有危險喔？」

「你是不是搞錯了什麼？」

左獨的聲音雖然聽起來像是在笑，但不知為何我覺得話語中帶著冷意。

「無名是追著你來，而非追著左櫻。」

「……」

「既然是專業人士，就別奢望免費得到情報，況且這本來就是你自己惹出來的禍，我甚至都想跟你索賠了。」

「……我明白了。」

不愧是「左」的領導者，完全戳中了我的要害。

這個人果然很難對付。

「那麼，請將無名的情報賣給我。」

就在我這麼說的瞬間——

——**任務獎勵扣除五億元**。

我耳中的「LS通訊器」傳來了扣除獎勵的聲音。

「等一下，這太多了！」

「所以交易取消囉？」

「不……」

我一個咬牙說道：

「請繼續。」

「很好。」

總覺得左獨早就算到了這一步。

雖然心中因為這巨大的損失而疼痛，但這是必要的花費。

「昨晚我帶走的『無月晴』屍體，妳覺得現在變得如何了呢？」

左獨馬上就提出了最為關鍵的問題。

這個問題的答案，將會決定「無名」究竟是「一個人」還是「一個團體」。

「是什麼狀態？」

「『無月晴』依舊在我手上，身上的傷口也還是保持原樣。」

「原來如此啊……」

雖然還未完全解明，但我似乎稍微窺伺到無名的不死之祕是什麼了。

「而且在詳細調查她的身體後，發現她的體內有著有趣的東西。」

「是什麼？」

「取出需要一些時間，拿到後我馬上請人送去給你。」

只要知道那是什麼，想必就能完全解開謎團吧。

但是我很在意剛剛左獨說過的話。

——這件事光是解開真相是不夠的，真正麻煩的，反而是真相揭曉後的處理。

這句話究竟是什麼意思呢？

「對了，奈唯亞，期末考要認真準備喔。」

「那是當然的。」

事到如今，我一定要拿到及格分數，參加「以舊換新」活動，把「ＬＳ任務」的契約更新。

「真是期待呢，期末考。」

左獨露出了像是惡作劇的笑聲。

「我會努力準備的，白色死神。」

「嗯？為何要特地跟我說？」

「你猜猜？」

「…………」

我的心中起了不妙的預感。

「我剛不是說了嗎？我也是這次期末考的考官之一啊。」

「你的試卷，出題者就是我喔。」

不只無名必須面對，現在還多了一個左獨嗎？

我感到身上的疲憊感越來越重了。

在左獨掛掉電話後，我待在左櫻住的地方，修好了破掉的窗戶，為她煮了三餐和熬煮了一些調養身體的藥給她。

一邊看著臉色越來越好的左櫻，一邊思考。

「現在我面臨的問題有——」

一、贏得和無名間的賭約。

二、解開無名的不死之祕。

三、找個合理的藉口和白鳴鏡解釋。

四、看穿左獨暗中到底在打什麼主意。

「……為什麼每次面臨的狀況都那麼嚴苛啊。」

我再度深深地嘆了口氣。

「首先，從無名的事開始吧。」

要是能解決這個不受控的因子，那問題似乎就會少一大半。

「剛剛，左當家是這麼說的——」

——**「『無月晴』還在我的手上，身上的傷口也還是保持原樣。」**

「既然屍體還在，那就表示剛剛出現的無月陰是另一人，所以至少可以確定一件事——」

——「無名」是個由複數人類組成的團體。

「不過，為何長相一樣呢？」

雙胞胎？也或許是整型成相同模樣的人。

但若是這樣，就有其他說不通的地方了。

「他那不斷繼承的記憶和技能是怎麼回事？」

複製人？心靈感應？

我不斷思考，但腦中出現的盡是一些不可能的答案。

「不對……」

「——這世間根本沒有『不死』這種違背常理的事。」

「往現實點去想吧。」

無名每次的死必定有其意義。

出現在我面前的每個人都不同也必定有其意義。

一定是為了某個目的，才強迫大家成為「無名」的。

「奈唯亞……妳怎麼了？」

左櫻突如其來的聲音，打斷了我的思考，讓我嚇得差點跳了起來。

這時我才發覺，躺在床上的左櫻不知不覺已睜開了眼睛。

「左櫻大人，妳終於醒了啊。」

我戴回奈唯亞的面具，裝作擔心的模樣說道：

「真是的，不要讓我這麼擔心啊。」

「真是抱歉……看來我昏睡了很久啊。」

左櫻想要坐起來，但起身一半時就因為無力而倒下。

「左櫻大人，妳還需要靜養，不要亂動比較好。」

我按住左櫻的雙肩，讓她躺下。

「雖然意識不清，但我還是隱約知道，在我睡覺時妳是怎麼照顧我的。」

臉色有些蒼白的左櫻，對我露出了微笑說道：

「真的很謝謝妳，奈唯亞。」

「不、不用跟我道謝啦。」

奇怪，我說話為何突然結巴？而且連自稱詞都忘了。

「對了，奈唯亞。」

左櫻有些不自在地說道：

「妳來我房間時，它是原本就長這樣嗎？」

因為怕左櫻難堪，我趁她昏睡時，將所有貼著的紙都收起來了。

「是啊，原本就是如此。」

我環顧房間四周說道：

「在我進來前，表姊似乎先進來收拾過了。」

「不愧是左歌呢……做事真的是太完美了。」

左櫻像是很滿足地緩緩閉上眼。

一時間，我們兩人一句話都沒說。

照我原本的性格，我本來應該滔滔不絕地說些不痛不養的話題來緩和氣氛的。

但不知為何，看著左櫻的臉，我突然一句話都說不出來了。

而且，我甚至有想要逃離她目光的念頭。

好奇怪……

內心的我雙手抱著頭，眼睛似乎都要變成螺旋狀了。

總覺得自己似乎開始變得奇怪了，但因為是第一次有這種感覺，我自己也不知道自己怎麼了。

「真是難得的休假呢。」

意外的是，開啟話題的竟是左櫻。

這也讓我感受到，她真的跟以前有所不同。

「這十年來，我還是第一次遇到不用上課、才藝、練習魔法和接待客人的日子，該做什麼好呢？」

「不就該趁這時候多休息嗎？」

「這樣也太浪費了。」

「那左櫻有想做的事嗎？」

「我想……」

像是小孩子一般，左櫻輕輕拉起被子遮住了嘴巴說道：

「我想聽奈唯亞的故事。」

「……」

「雖跟妳聊過很多次天，但我一次都沒有聽過妳來島前的故事。」

「這沒有什麼好聽的，奈唯亞就是個很普通的女孩子。」

「沒關係，我就是想聽。」

這也是生病的影響嗎？

總覺得左櫻似乎比平常任性和撒嬌了一些。

「奈唯亞的故事嗎……」

我試著回想了一下。

身為白色死神，好像沒有一天安寧過。

每一段故事都是驚濤駭浪，感覺拍成電影都不是問題。

「左櫻大人聽過『白色死神』嗎？」

「當然聽過，之前他出現在屋頂救了我，還給了我這個手環呢。」

左櫻從被子中伸出雪白的手腕。

「多虧了這個手環，我現在的魔法都不會失控了呢。」

「白色死神沒有名字，但他對外都自稱海淵。」

看著左櫻掛在手腕上的手環，我緩緩說道：

「奈唯亞現在要說的，就是海淵先生的故事。」

「咦～～我想聽的是奈唯亞的故事啊。」

「那不說了？」

左櫻嘟著嘴，露出了不滿的表情。

我作勢要起身，左櫻趕緊拉住我的衣角。

「不，我要聽，當然要聽。」

「嗯。」

事後回想起來，我根本不用跟左櫻吐露自己的過往的。

即使是當成其他人的事也沒有這個必要，這只是單純增加我曝光的風險。

但或許是受到她生病後的氛圍影響，也或許是我的心情有了連我都無法控制的波動，看著左櫻那認真的雙眼，我就像是被其勾引般，不由自主地說了起來。

「在過去的某段時光，有一個殺手和隨扈相遇了——」

隨著不斷訴說，我緩緩地掉入了回憶之中。

一年前，我因為白色死神的任務來到了雙之島。

那時的我還沒想到，我會在一年後接下足以我影響一生的「ＬＳ任務」。

而一直追著我的無名，也在那時來到了和我同樣的地方。

但就在那時，發生了幾件奇怪的事。

——滋！

整個雙之島突然亮了一下！

伴隨著這個異變，所有通訊設備都失效了。

就像有個隱藏的力場籠罩了整個島，我耳中那一直持續的竊聽器雜音停了下來。

「吶……白色死神。」

就像是特別挑這個時刻，無名現身了。

「許久不見……也是初次見面。」

「……？」

一直以來，無名都追逐著我，我也殺了無數個無名。

但此時我直覺地感受到，「這個無名」似乎跟之前的都不同。

因為面具遮住了臉的上半部，我不知道是男是女，但是我第一眼注意到了脖子上的圍巾，上頭繡著「圓缺」兩個字。

「現在在你眼中，我是誰呢……」

「嗯……？」

「我看起來像是『無名』嗎？」

「……若妳不是『無名』，那妳會是誰？」

「就算是不斷運轉的程式和機械，也終有出錯的一天。」

她對我露出了一個淺淺的笑容說道：

「不斷輪迴的不死，終究還是會有 bug 出現的一天，我想……我就是那個『bug』吧。」

「…………」

「暫且……叫我『無圓缺』吧，『陰晴圓缺』的『圓缺』。」

我不懂無圓缺說這些話的用意究竟是什麼。

之前每一次遇到無名，他都是直接殺了過來，這還是我第一次與他聊天，也是第一次聽說，他有著自己的名字。

「只要提出委託，你就願意保護任何人。」
「……」
「那麼，若是我現在向你提出委託，希望你保護我，你會怎麼做？」
「我並不是什麼委託都接受。」
我搖了搖頭說道：
「妳提出的報酬，必須足夠吸引我。」
「那麼，如果是你的命呢？」
「呵呵……」
我忍俊不禁地笑了出來。
「我不覺得妳可以殺得了我。」
「我並不是這個意思。」
無圓缺搖了搖頭說道：
「要是再持續這麼下去，終有一天我會成為白色死神。」
「妳說的話還真奇怪，沒有人能成為另一人。」
「那麼，若哪天我成為和你相同的存在，你願意『拯救自己』嗎？」
「……」
「回答我……好嗎？」
那是，帶著些許懇求的聲音。
「我一輩子都不會接受妳的委託，因為妳總是想著殺害我，就算是再高的酬勞，都比不上自己的命重要。」

就算妳怎麼懇求我都沒用，我不會因為同情或是憐憫而行動。

「自私的我，永遠只會為了自己而活，所以——」

「當哪天妳成為和我相同的存在時，即使不用妳委託，我也會行動的。」

「那就好……」

聽到我這麼說，無圓缺就像是很放心似地閉上了雙眼。

「那麼，即使哪一天我徹底毀滅，我的姊姊也能得救吧？」

「我還是第一次聽說無名有姊姊。」

「我確實有姊姊，而且有兩個……」

雖然很在意無名的姊姊究竟是誰，但這人說話前言不對後語的，一下要我拯救她，一下又冒出了從沒出現過的姊姊，總覺得這部分還是別深究比較好。

該是時候回到正題了。

「那麼，換我提問了。」

這次的無名明顯和過往不同，為了得知真相，我問無圓缺道：

「妳的『不死』，究竟是怎麼回事？」

「我自己……也不清楚。」

「不清楚？妳還真是被洗腦得夠徹底啊。」

那時的我，還不明白「無名」的真相究竟有多黑暗。

「你們『無名』是個團體，只不過是死了一人後，下一個會進行遞補的組織而已。」

「大概……不是這樣的……因為我確實已死過無數次了……」

才剛覺得這無名不同，但聽到這句話後，又覺得她果然是之前的那個無名。

「不管我以怎樣的方式死亡，我總是會死而復生，這是一場永遠沒有盡頭的終點。」

無圓缺手撫著胸口說道：

「我不知道……該如何停止我的『不死』……」

一陣風吹了過來，拂動了她的圍巾。

「所以，白色死神……」

「你可以幫助我中斷這無盡的輪迴嗎？」

無圓缺的問題一個比一個古怪。

不過，即使不知道她在說什麼，我的本能還是告訴我，這是可乘之機。

為了擺脫一直糾纏我的無名，我的腦中展開了大量的應對方案。

從那些方案之中，我挑了一個對我而言最安全——

——而且又是最惡毒的計策。

「服下這個藥吧。」
我從懷中取出一瓶藥。
「這是什麼藥？」
「是『特效藥』。」
我露出燦爛的笑容說道：
「是可以確實中斷妳那不死體質的特效藥喔。」
「喔……？」
雖然心中可能對這個藥有所懷疑，但對一無所有的無圓缺來說，沒有任何事物是值得害怕的。
於是，她仰頭服下了我給的藥。
「中斷不死的特效藥……？」

時間回到現在，聽到此處，左櫻皺眉道：
「光是一個人會永遠不死就感覺很奇幻了，而這世間竟然還有治療這種奇異現象的藥嗎？」
總覺得這句質疑，身為魔法少女的妳是最沒資格說的。
「左櫻大人說得對，這世間很明顯沒有這種特效藥。就算真的有好了，也不該存在於連不死之謎都還沒看穿的白色死神手中。」

「那麼，那個藥究竟是……？」

「是毒藥，名為『人偶』的毒藥。」

「…………」

「『人偶』是白色死神自行開發的毒藥。顧名思義，這藥能降低一個人的生理現象，凍結心跳和呼吸，讓服毒者陷入彷彿假死的狀態。」

「白色死神為什麼要對無圓缺這麼做呢？」

「因為他想停止『無名』的糾纏。可是不管是怎樣的應對方案，在面臨『不死』這個奇異的現象時，都無法起作用。」

無法威脅、無法利誘。

不管用怎樣的方式殺死無名，下一個無名依舊會執拗地出現。

「所以，白色死神心想——既然無法停止不死，那乾脆就不要讓他們有死而復生的機會就好了。」

「什麼意思？」

「『無名』一次僅會出現一位，那若是把無圓缺凍結起來，說不定就永遠不會有下一個無名。」

「白色死神想做的，該不會是——」

「沒錯，就如左櫻大人心中所想。」

看著左櫻那因為恐懼而變得蒼白的臉龐，我說道：

「白色死神將無圓缺變成了彷彿屍體的『人偶』，將她監禁了起來。」

一年前的過往，再度從我嘴中流瀉而出——

無圓缺服下藥後，成了活死人。

雖然睜著眼，但是她的眼中一片虛無，裡頭什麼都沒有。

因為她已無法行動，只能癱坐在那邊，所以我必須定時向其注射營養劑維持她的生命。

我曾動過念頭，想要取下她的面具，察看此次無名的真面目。

但就在我要取下面具時，我發現那個面具內側似乎與她的左眼相連，要是強制取下來，可能會造成什麼無可挽回的傷口。

在「人偶」狀態下處理傷口也是一件難事，要是讓無圓缺死掉，之前的準備就全數白費了。

在尚未解明「無名」的不死之祕前，我想將影響我的不明因素降到最低。

於是，最後我選擇了什麼都沒做。

就像是收藏人偶，我將無圓缺原封不動地藏進了雙之島的某處山洞中，並且跟著躲了進去。

接著的半年，奇異的同居生活開始了。

除了必要的外出，例如搜集食物和生活必需品外，我閉門不出，和無圓缺共同生活在這個山洞中。

我每天都對其注射名為「人偶」的毒藥，確保她無法恢復意識。
就像是照顧臥病在床的病人，我定時的為其按摩復健，沐浴更衣。
第一次洗澡時，我發現無圓缺是個女孩子，而且全身上下幾乎都是傷口。
「這些傷口的位置，感覺有些古怪……」
我和不同的「無名」戰鬥過許多次，時間長達九年。
前前後後加起來，死在我手下的「無名」，將近有一百人這麼多。
雖然無圓缺身上的傷口都已經癒合了。
但仔細察看這些傷口的位置，會發覺和死掉的「無名」一樣。
若曾有無名被我槍擊心臟而死，那無圓缺的胸口處就有彈痕，若曾有無名被我用小刀劃破喉嚨而死，那無圓缺的喉嚨上就有刀痕。
「就像是──」
──繼承了之前所有已死無名的傷口。
「……這到底是怎麼回事呢？」
總覺得不可解的謎團越來越多。
無名的「不死」和「越戰越強」的祕密，或許就隱藏在這些傷口之中？
但隱居在山中，也沒有手段可以進一步去調查。
時間很快的流逝。
雖然付出了無圓缺的自由和人生當作代價，但我的計畫似乎是成功了。
在那半年中，沒有任何人尋求白色死神的保護，也沒有新的「無名」出現在我面前。

雖然照顧動彈不得的無圓缺有些辛苦，但比起過往那總是在生死之間走鋼索的人生，這根本就不算是什麼。

這或許就是我一直以來追求的夢想。

不用再去思考保護誰，也不用再想著為了保護誰而犧牲誰。

若是這樣平靜安穩的日子能持續下去也不錯——我甚至開始這麼想。

「那麼，之後怎麼了呢？」

左櫻不知為何雙眼閃閃發光地問道：

「白色死神和無圓缺就此在深山中過著幸福快樂的日子？」

「左櫻大人怎麼說得好像是童話故事的結局一樣……」

「因為這就像是童話故事啊。」

左櫻不知為何興奮地揮舞雙拳道：

「隨扈和殺手那禁忌且不為人知的愛戀——呀！」

「女孩子還真是喜歡這種東西啊……」

「妳在說什麼？奈唯亞說得好像自己不是女孩子似的。」

「我、我當然是女孩子，奈唯亞最大的興趣，可是和男人吵架時跟他說：『你怎麼可以這麼說呢！我好受傷，你不要跟我說道理，今天重點就不在那邊，你懂我的感受嗎？你為何不設身處地想想我的感受呢？』」

「在奈唯亞心中，會說這種話的才叫女孩子嗎……」

「總之，這則白色死神的故事中，可沒有任何浪漫的元素喔。」

「是這樣嗎……失望……」

「而且就算是童話，原型也多是黑暗且殘酷的故事。」

所以，或許有這樣的結果也是註定吧。

「在半年後，新的『無名』，就這樣現身在無圓缺和白色死神面前——」

在某個雨夜中，新的無名出現了。

這次的無名，並不是如無圓缺一般的「特異種」。

他沒有和我聊天，也沒有說什麼奇怪的話。

當找到我的那瞬間，他就像是觸及了什麼開關殺了過來。

雖然無名一直向上成長，但還是不及我。

在短暫的戰鬥後，新的無名被我反殺在地。

「看來，計畫失敗了啊。」

只要有無名死掉，就會有新的無名出現。

本以為將無圓缺監禁在生和死的夾縫中，就能凍結這樣的情況，抑制新的無名現身。

但我果然還是想得太簡單了嗎？

「看來，也沒必要繼續照顧無圓缺了——」

——砰！

此時，一聲讓我極其意外的槍聲響了起來。

這道槍擊混著雷聲發出，隱藏得極其高明。

因為太過出乎我意料之外，我甚至以為是我聽錯了。

我在子彈觸及我額頭的瞬間反射性地仰頭，但子彈還是打入了我的腦袋，造成了重傷。

「妳……」

我手摀著額頭，以變紅的視野看著無圓缺問道：

「妳竟然已經恢復神智了嗎？」

「是啊……」

她手拿著繡著「圓缺」的圍巾，睜著迷濛的雙眼說道：

「大概……一個月前就醒來了。」

也就是說，她忍了整整一個月，一直裝作昏迷的模樣。

這是我的誤算。

我確實有把耐藥性之類的因素考慮進去，逐步的加重藥量。

但我忽略了一件很重要的事。

無名在經歷長期的演變後，其程度似乎越來越靠近我。

事。

若是我的話，對長期服用的毒藥產生抗體，使其無效是有可能的。

「這樣的我……像是你了嗎？」

無圓缺居高臨下地看著單膝跪地的我說道：

「我……足夠接近白色死神了嗎？」

假裝成人偶，整整一個月僅是等待，等待著最合適的偷襲時機，這確實是我會做的事。

不過，我不是只靠這個活到現在的。

「你曾說過……只要我成為你，你就願意保護自己……」

無圓缺舉起槍，對準我的額頭說道：

「那麼，以你自己的命當作委託的代價，應該很足夠了吧。」

「呵……」

聽到她這麼說，我忍不住大笑了起來。

「啊哈哈哈哈哈哈──────」

「……有什麼好笑的。」

「若是妳的實力足以殺死白色死神，那妳還需要我的保護嗎？」

「…………」

「不過，因為很有趣，就讓我聽聽詳情吧，妳的姊姊是誰呢？人又在何方？」

我向她伸出手，露出微笑。

看著我的手，無圓缺沉默了一會兒後，將舉起的槍放下。

走到我面前的她，握住了我的手——

——砰！

就在這時，我用另一隻手開了槍。

子彈打穿她的腹部，讓她不斷踉蹌後退。

「你、你……」

她睜大雙眼，以不可置信的雙眼看著我。

——砰、砰、砰！

我持續朝著她開槍，中彈的無圓缺不不斷踉蹌後退。

「你都不覺得……你自己很卑鄙嗎？」

「我就是憑著這點存活至今的。」

我咬著下嘴唇，努力靠著疼痛保持意識說道：

「不斷地背叛他人，不斷地以自己的命做為最優先的考量。」

「你這……卑鄙小人。」

雖然表面上的話語是責備，但她的表情很愉快。

「你這個卑鄙小人、卑鄙小人、卑鄙小人、卑鄙小人、卑鄙小人——————只

想著自己的卑鄙小人！」

幾發子彈再度打在了無圓缺的身上，而她也開始舉槍還擊。

「呵呵……」

在相互的廝殺中，無圓缺露出了我所不能理解的表情。

「白色死神……只注視著我的白色死神……呵呵……」

就像是幸福至極——她露出了盛大的微笑。

這樣的互殺不斷持續，我們兩個都把自己僅存的生命壓搾到了最後一滴。

這也是我成為白色死神以來，最接近死亡的一次。

「我一直以來……都是為了成為你而存在的。」

在戰鬥的最後一刻，無圓缺這麼說了。

「所以我已知道你的未來會是如何。」

「……」

「像你這樣的卑鄙小人，最後一定會不得好死——」

她手撫著都是血的胸口說道：

「你會落得和我一樣的下場。」

「……這個不用妳說我也明白。」

面對無圓缺的詛咒，我回了個淡淡的笑容。

我不知道那時的我露出了怎樣的表情。

可是，就像是看到什麼不可置信的情景，無圓缺愣在了原地。

「我啊……」

我低聲說道：

「從沒想過我這樣的反派會得到善終。」

「那麼……就這樣吧。」

渾身浴血的無圓缺開心地說道：

「和我一起死吧……」

我和無圓缺同時舉起槍——

——砰！

對彼此開了最後一槍！

「咦？故事就到這邊？結束得好突然啊。」

時間回到現在，聽得入神的左櫻追著我問道：

「無圓缺和白色死神之後怎麼了呢？」

「這場戰鬥的勝者是白色死神。」

確認無圓缺中槍倒地後，我拚盡最後一口氣逃離了現場。

「那麼，無圓缺呢？」

「死了。」

「……」

「過兩天白色死神重回原地，結果看到了無圓缺因傷重不治而躺在地上的屍體。」

「啊……」

「左櫻大人似乎覺得很可惜？」

「雖然無圓缺感覺確實有點詭異……但是她那投注一切的赤誠感情，倒是挺讓我有好感的。」

「真讓我有些意外。」

「因為，我能理解她的心情。」

左櫻看著我，露出微笑道：

「只看著白色死神，也只為了他而活，想必要是沒有了白色死神，她就什麼都沒有了吧？我能明白那種感覺。」

「…………」

「不過，還真是悲傷的故事，我本來還期待會是好結局呢。」

在白色死神的故事中，沒有這種東西。

當一切落幕後，我還是沒破解「無名」的「不死之祕」究竟是怎麼回事。

在那之後，新的無名依然時不時的出現在我面前。

儘管實力越來越強，但我再也沒有遇到像是無圓缺的特異種。

「左櫻大人，聽完這故事後，妳覺得白色死神是怎樣的人呢？」

「嗯？」

「不覺得他卑鄙又自私嗎？」

此時的我，終於意會到為何我刻意挑這段過往和她說。

我希望左櫻能像是無圓缺一般咒罵白色死神。

背負著她對我的好感，對我來說是一種壓力。

與其面對她眼中的閃亮光芒，我似乎寧願被她指責。

我想要重回那個專注任務的我。
我希望我的心不再因她而起任何波動。

——**你這卑鄙小人！**

無名的指責在我腦中響起。
這瞬間，我再一次的意會到我的卑鄙。
為了自己心中的舒坦，就連這樣的圈套都對左櫻下了。
「奈唯亞，妳跟白色死神很熟嗎？」
「嗯……大概算是認識。」
「那麼，妳很討厭他嗎？」
「討厭……嗎？」
我閉眼思索了一下後，抬起了頭道：
「不，奈唯亞覺得……自己並不討厭海溫先生。」
我從不後悔我是這樣的人。
我是憑藉著這點才活到現在的。
我想，我這輩子大概都會是如此吧。
「所以，左櫻大人覺得如何呢？」

「白色死神，是否是個自私的人？」

「嗯……」

即使在我這樣的追問下，左櫻也沒有如我想的一般回答我。

「回答這個問題，對奈唯亞來說很重要嗎？」

「嗯。」

「那麼，請給我一點時間。」

左櫻看著我，再度露出了足以擾亂我心的笑容說道：

「我會在好好思考後，告訴奈唯亞我的答案。」

「左櫻大人也不用這麼認真……」

「不過，妳要答應我一件事。」

她強硬地打斷我的話，對我伸出了小指頭說道：

「要是我的回答能讓妳滿意，寒假時要陪我去玩喔。」

「……好的。」

我們兩個勾了勾小指頭。

「到時左櫻大人想去那兒，我都奉陪。」

那時的我還不知道，這是個實現不了的約定。

第五章　要是連打敗四天王都不會，當個隨扈可是活不下去的

剩餘報酬：84億

接著的日子，我們一行四人依然定期在屋頂召開午餐兼讀書會。

雖看似和平常一樣，但其中還是有一點點不同。

午餐會的東西開始由我準備了。

第一天看到我這麼做時，左歌露出了一臉壞笑的神情，我則是毫不客氣地在她的早餐中加滿了芥末。

就在離期末考還有三天時，左獨將無月晴體內的東西寄給我了。

「原來如此啊……」

箱子裡頭的東西，是一隻精巧至極，彷彿真實眼睛的義眼。

不只如此，還有電線、竊聽器和類似伺服器之類的東西。

研究了那些東西一陣子後，我就大致摸清了「無名」的不死之祕。

「所有『無名』的體內都有著這樣的機械。」

這些機械可以將宿主「聽到」和「看到」的東西傳送到體內的伺服器中，然後將其和其他人共享。

也就是說，當某個無名遭遇某個情景時，這樣的景象同時會傳送到其他無名的眼和耳中。

而且因為這些機械是以體內的生理活動做為動力來源，例如心跳和血液流動等，所以除非宿主死亡，這些機械不會停止運作。

然後，大概只要這些生命徵象停止，下一個無名就會出現。

「無名與其說是一個團體，不如說是……」

「體會同樣人生的複數人類。」

想像成虛擬實境電影院最合適。

大量的人類看著同樣的畫面，聽著同樣的聲音。

所以新的無名才能繼承死去無名的記憶。

「半年前，我對無圓缺所做的事，其實根本是弄巧成拙。」

為了控制她，我騙無圓缺服下名為「人偶」的毒藥，使得她陷入假死狀態。

我本是希望藉此凍結無名的無盡連鎖。

但因為生理活動幾近停止，導致無圓缺體內的機械誤判她已死，將下一個無名啟動。

我之所以能有平靜的半年時光，單純是因為下一個無名找不到我究竟在哪兒而已。

「不過，無名會越戰越強的原因還是未知。」

除了共享人生外，「無」一定還做了什麼。

但那會是什麼呢？

「不過，似乎也不需要解開真相。」

只要知道這些，就足以擬定打敗無名的計畫。

時間很快地流逝，離期末考只剩下一天。

我找上無月陰，將我擬定的計畫跟她說了。

聽到我打算如何找出白色死神後，心花怒放的她決定暫且按兵不動，直到約定的時刻到來。

「鳴鏡學長。」

就在期末考前一天的上課時段，我找上了白鳴鏡。

「放學後可以到校舍後方嗎？奈唯亞有很重要的事情要跟你說。」

「……終於，讓我等到了這刻嗎？」

大概是忍耐許久吧，他的話語中有著壓抑不住的興奮。

「明明知道我的心意，還讓我這樣焦急，妳還真是個過分的女人啊。」

「整理自己的思緒也是需要時間的，抱歉讓鳴鏡學長久等了。」

「我的心中一直縈繞著這事，這幾天都沒睡好。」

「放心吧，奈唯亞一定會給你一個滿意的答覆。」

我手抵著嘴脣說道：

「放學後記得要獨自一人來喔。」

聽著我們的對話，二年異班起了騷動！

「白鳴鏡你這傢伙啊啊啊啊啊啊！」、「果然關鍵是臉嗎！就是那種彷彿女人的臉才好嗎？」、「白鳴鏡你去死吧啊啊啊，我從今天開始半夜釘你的小草人！」

真是好深的一股怨念啊，會不會明天我來上學就發現白鳴鏡橫屍在班上啊？

——盯。

還有，左櫻妳不要死死的看著我和白鳴鏡，我感到壓力很大。

「那麼，我們約幾點呢？」

「晚上三點。」

「嗯？」

「因為深夜時，才不會有人來打擾我們啊。」

我向他拋了一個媚眼說道：

「今晚，不會讓你睡囉。」

聽到我這麼說，白鳴鏡愣在當場，至於其他男同學的眼中則流出了血淚。

——盯。

左櫻大人。

就說不要用這種虛無的雙眼盯著我看了，這樣真的很恐怖耶。

當晚凌晨三點。

「今晚奈唯亞打算入侵學校，看一下期末考的試卷。」

「……」

「總之就是這樣，準備好了嗎？鳴鏡學長。」

「等一下，妳不是要跟我說白色死神的事嗎？」

「我沒這麼說吧？」

我露出有如小惡魔般的笑容說道：

「我只說今晚不讓你睡喔。」

「……所以妳是騙我囉。」

「鳴鏡學長，若是真正的白色死神，你覺得面臨這狀況，他會怎麼跟你說呢？」

「嗯？」

「用自己的眼睛耳朵努力觀察，用自己的嘴巴和身體找出線索。」

我抱起雙手，裝出一副了不起的樣子說道：

「靠自己的實力挖掘真相，這才是真正屬於你的真相。」

「受教了。」

聽到我這麼說，白鳴鏡用力點頭說道：

「我會靠自己思考出解答的。」

這傢伙還是一如既往的好對付。

「總之，接著奈唯亞要入侵學校，想辦法找出期末考的試卷，雖然事先做了一些調查，但因為怕有什麼意外，所以還是得請親衛隊的鳴鏡學長來幫忙。」

「等一下，我還是沒搞清楚？為何我們要去找期末考試卷？」

「因為無名打算在試卷上頭下毒。」

「……什麼？」

「假裝成他的同盟者，奈唯亞得知了他險惡的計畫。」

面對呆愣的白鳴鏡，我將至今為止發生的事做了一個簡單的概要介紹。

無名是一個巨大的團體，而且擁有共享記憶的能力。

「原來無月陰同學就是無名啊……」

白鳴鏡陷入沉思。

「然後不知為何，她認定白色死神就在這所學校？」

「是啊，為了找出白色死神，她打算在期末考的試卷上下毒。」

「為何這麼做就能找出白色死神？」

「因為期末考時，全校師生都會接觸試卷，只要在上頭灑上能從皮膚感染的致死毒藥，那麼當所有人都中毒而死後，剩下還活著的人，就是具備耐毒性的白色死神。」

「這也太過分了吧！」

白鳴鏡緊握雙拳說道：

「只是為了找出一個人，有必要進行這樣的大屠殺嗎？」

「對無名來說，白色死神就是她的一切。」

某方面來說，她跟我或許是一樣的。

白色死神也是我的一切。

就是因為一直背叛他人而活。

除了白色死神之外，我一無所有。

「所以，在期末考前夕，我們必須潛入學校，確認那些試卷有沒有被下毒。」

「我明白了。」

「事不宜遲，快點開始行動吧。」

在六個小時，期末考就要開始了。

「…………………」

看著做好準備的我，白鳴鏡驚訝得說不出話來。

「怎麼樣？有哪裡不對嗎？」

「不，就是完全沒有不對勁的地方，所以才可怕。」

「你之前不是已經見識過奈唯亞扮裝成他人的樣子了嗎？」

「雖然看過，但我還是第一次看到過程……」

白鳴鏡訝異地說道：

「不過三十秒，就完全變了一個人，就連聲音都和左歌老師一模一樣。」

「要是連化裝成白痴都不會，當個隨扈可是活不下去的喔。」

「嗯？這句話是不是哪裡怪怪的？」

「從現在開始，叫我左歌吧。」

我的自稱詞也不會用奈唯亞了。

「為何要化裝成左歌老師呢？」

「表姊的身分好歹也是教師，這樣若是一不小心被看到，也不會不自然。」

「確實如此──」

「──咦咦！」

此時，一聲驚呼突然從背後響了起來。

我和白鳴鏡轉頭一看，只見一位穿著便服的女生不知何時站在了我們身後，大概是半夜出來買宵夜的學生吧。

「這不是左歌老師和二年異班的白鳴鏡嗎！」

「……」

「老師和學生……竟然在深夜幽幽幽幽會──」

「…………」

「抱、抱歉！我沒看到你們打得火熱！我什麼都沒看到！請兩位繼續你們的師生戀！」

滿臉通紅的她，一邊「呀啊──！」的尖叫，一邊雙手摀著臉逃跑了。

「剛剛……」

看著女學生的背影，白鳴鏡有如夢囈般說道：

「是誰說即使被看到也沒關係的？」

「別在意。」

我拍了拍他的肩膀說道：

「反正你的名聲已經不能更壞了。」

「咦？什麼時候我的名聲已經落到這種地步了？我有做什麼嗎？」

「比方說牽著女人在大庭廣眾間散步，以及跟大自己年紀一輪的老師深夜幽會？」

「聽起來我確實該反省……不對！這些不都是因妳而起的事件嗎！」

哼哼哼……就是這樣，一步步把這傢伙塑造成渣男就對了。

這樣即使我不在左櫻身旁，她也不會被白鳴鏡拐走。

「總之，快開始進行正事吧。」

我從背後推著白鳴鏡，向暗夜中的校舍走去。

「已經沒有多少時間了。」

不幸的是，這個畫面似乎又被人看到了。

之後一段日子，一直有人傳著一個可怕的都市傳說。

左歌會在深夜獵食中意的男同學，帶進學校中不知道做些什麼……

「啊～～好久沒偷東西了，總覺得熱血沸騰！」

我十隻手指不斷扭動。

「我要把五色高中的金庫給搬光！」

「……我們不是要確認無月陰有沒有在試卷上下毒嗎？」

「嗯……？對對！我們就是來做這事的。」

「妳剛是不是先疑惑了一下？」

「你真是多心啊。」

我悄悄地將標示著金庫的平面圖收到懷中，指向前方說道：

「讓我們朝著目標前行吧！」

收著期末考試卷的房間在本校舍的深處。

暗夜中的學校幾乎伸手不見五指，但是我的眼睛經過鍛鍊，即使沒有光源也能視物。

「先等我一下，左歌老師——哇啊！」

不過白鳴鏡似乎就不是如此了，因為想要跟上我的腳步，看不到的他險些跌倒。

「我先開個手電筒。」

「不行。」

我趕緊按住他的手。

「在一片黑暗中，即使是一點點的光芒都會很顯眼。」

「可是……」

「抓緊我的手就好。」

「……」

白鳴鏡先是愣了一下，搖了搖頭說道：

「不行，妳畢竟是女孩子，這樣不就像是我趁人之危，占了妳的便宜。」

「放心吧，你根本就沒占到任何一點便宜。」

因為我是男的，不如說你還吃虧呢。

在我的堅持下，白鳴鏡只好無奈地被我拉著走。

可能被女孩子這樣牽著走有些丟臉吧，總覺得他的表情有些不自在。

「真是天真啊……」

我以他聽不見的聲音低聲說道。

心中竟還存著男女之別。

白鳴鏡大概是那種敵人是女孩子，會忍不住手下留情的類型吧。

在白色死神的世界中，這點可是會被利用或是暗算的喔。

「一路上都沒遇到阻礙，看來鳴鏡學長是成功了。」

在我們入侵學校前，白鳴鏡已經悄悄用親衛隊的安全系統，事先把學校的警報器關掉了。

「總覺得順利的太過頭了。」

白鳴鏡皺著眉說道：

「這可是重要的期末考試卷啊，我不覺得只有一般的警報系統，應該會有更可怕的安保措施才對——」

「說得對。」

就在白鳴鏡這麼說時，異變突然降臨了！

所有窗戶的窗簾突然「唰」的一聲拉上，整條走廊燈光大亮。

「白鳴鏡。」

一個上半身赤裸，穿著拳褲和拳套的人緩步從遠處走了過來。

「沒想到你又再一次背叛親衛隊了啊，真是讓人失望。」

「怎麼會……」

看到那個像是拳擊手的人，白鳴鏡面露驚訝之色。

「左歌老師，這個任務先放棄吧！我們再找其他辦法！」

「怎麼了？這個人很厲害嗎？」

「他是親衛隊四天王之一，人稱『格鬥惡魔』！」

「喔？」

聽到白鳴鏡的話後，眼前的拳擊手露出得意的笑容，開始不斷空揮拳，速度快到我完全看不到拳軌。

「他稱霸拳擊八個量級後還不知足，接著又轉戰柔術、泰拳、地下格鬥，但不管是哪個領域都阻止不了他拿到冠軍，只要是近身搏鬥，就無人能出其右，是傳說級的霸主！」

「這不是左櫻的貼身女僕左歌嗎？勸妳還是撤退吧。」

他雙手握拳，讓左右拳「砰砰」的撞擊在一起。

「只要有我在，你們就不可能碰到期末考的試卷——」

——砰！

我開了槍，麻醉子彈正中拳擊手的額頭，將他打倒在地。

「…………」

看著呈大字型被ＫＯ在地的拳擊手，白鳴鏡啞口無言。

「在這個時代，再厲害的格鬥術都勝不過槍吧？」

我吹了吹槍口冒出的硝煙。

「而且，要就在黑暗中偷襲啊，特意穿著拳褲和拳套現身是想怎樣？沒有規定一定要跟你打肉搏戰吧？」

「總覺得……妳否定了他很多東西……像是他一輩子的人生。」

「是輸的人自己不對。」

我向前走，「噗」的一聲踩到他的臉上。

「與其稱霸格鬥界，不如去練練槍法吧。」

「…………」

拉著一臉無法釋懷的白鳴鏡，我們繼續前行。

十分鐘後。

「怎麼會……竟然連他都來了。」

看到眼前穿著黑色大衣的人，白鳴鏡面露驚訝之色。

「左歌老師，這個任務先放棄吧！我們再找其他辦法！」

「這句話剛剛好像也聽過，這個人很厲害嗎？」

「他是親衛隊四天王之一，人稱『槍神』！」

「喔？」

聽到白鳴鏡的話後，眼前的槍手露出得意的笑容，他「唰」的一聲攤開了黑色風衣，裡頭密密麻麻地掛滿了槍。

「別太得意啊，妳剛剛打倒的只是四天王中最弱的一個。」

「……真沒想到，我竟然能在現實中聽到這句臺詞。」

「槍神的槍法非常神準，曾有著開槍射穿十公里外靶子的紀錄——」

——砰！

我冷不防地踏步向前，給了槍神面部一拳！

「…………………」

看著臉部凹陷躺在地上的槍神，白鳴鏡啞口無言。

「鳴鏡學長，你剛說這人槍法怎樣？」

「沒事……」

「說真的，掛那麼多槍的意義在哪裡？真的戰鬥起來只能用一把啊？只是徒增自己的重量，讓自己行動不便而已吧？」

「總覺得……妳否定了他很多東西……像是他的人設。」

「真正的戰鬥高手才不需要人設呢。」

我向前走，「噗」的一聲踩到他的臉上。

「而且就算槍法再準，格鬥術還是要練一下吧？」

「……妳的話是不是跟剛剛相反了？」

拉著一臉無法釋懷的白鳴鏡，我們繼續前行。

又是十分鐘後。

「所以呢？」

我指著前面的人問道：

「這傢伙是四天王的什麼？你差不多該一臉緊張的叫我放棄任務了吧？」

「都聽妳這麼說了，就算本來有緊張感也要沒有了……」

「左歌啊，遇到吾算是汝運氣已盡。」

眼前的男子彈掉手上的香菸，掏出了武器說道：

「吾乃『拳槍雙修』，左手用槍，右手用拳，不管是近距離還是遠距離的戰鬥吾都能配合，汝想要哪個？」

「就像他說的，若論戰鬥力，這人是四天王裡頭最強的一個！」

「不是啊。」

我有些傻眼地說道：

「哪有人會將必殺技和擅長招術跟敵人說的，你是傻子嗎？」

「…………………」

聽到我這麼說，白鳴鏡和「拳槍雙修」陷入了有些尷尬的沉默。

「而且我早就說過了！真的要阻止我就在暗夜中偷襲啊！一個一個像打擂臺一樣出現，然後又自報名號是怎樣？」

「那個，左歌老師……該說是氣氛問題呢，還是……」

「而且為何不利用人數優勢直接圍攻我算了！這樣四天王有意義嗎？根本就是一加一加一加一天王！」

「什麼！圍攻？此等卑鄙無恥的事，吾不屑為之！」

震驚的「拳槍雙修」搖了搖頭說道：

「吾向來光明正大，不名譽的勝利，對吾來說跟失敗沒兩樣。」

「所以我就說了！你們到底有沒有要取勝的意思啊！」

真是一群天真的人！看了令人生氣！

「給我好好看著！這才是認真的勝負該做的事！」

我掏出手機，上頭的畫面顯示著「槍神」和「格鬥惡魔」躺在地上的畫面。

「剛剛離開前，我在他們兩人身上裝了炸彈！」

「…………」

「現在只要我伸出指頭輕輕一按，綁在他們身上的炸彈就會爆炸。若是想救夥伴的話，就乖乖讓路，讓我們過去！」

「這……何等下流的行徑啊……」

「拳槍雙修」咬著牙說道：

「但是吾不會屈服的，相信『槍神』和『格鬥惡魔』也會體諒吾此時的選擇。」

「順道一提，我綁的炸彈——」

「位於他們的『襠部』。」

「…………………」

「拳槍雙修」和白鳴鏡的臉瞬間「唰」的一下，變得一片蒼白。

「炸彈的威力足夠將胯下的東西炸掉，但是又不會讓他們喪命，你認為即使是這樣，他們也會原諒你嗎？」

「真、真是惡魔……」

「拳槍雙修」看著我，全身因為害怕而顫抖。

「左歌老師，那、那那那個，手下留情情情情——」

白鳴鏡你還好嗎？為何連你都抖得像是關在冷凍庫一樣。

「我數到十！」

我將手指放在手機的引爆鍵上。

「要是再不投降，『格鬥惡魔』就要變成『格鬥惡魔娘』了。然後『槍神』就要去掉槍，直接昇華成『神』了。」

「等、等一下！」

「五、六、七——」

「為何直接從五開始數了！」

「誰規定數到十就要從一開始的？八——九——」

「吾知道了！吾投——」

——砰！

趁著「拳槍雙修」鬆懈的那刻，我朝他額頭開了槍，將他打倒在地。

「…………………」

白鳴鏡看著舉著槍的我，不知為何臉上一點血色都沒有。

「沒人說投降我就不開槍，對吧？」

我將槍收進裙子中說道：

「而且炸彈的事也是我隨口胡說的，這些人真是天真的可愛。」

「……總覺得看了一場將『卑鄙無恥』四個字完全具現化的戰鬥。」

可能是太過震驚了吧？白鳴鏡竟不自覺地將心中話說了出來。

「嘿嘿……謝謝稱讚。」

「那個，我不是在稱讚妳……」

經過這幾番戰鬥後，總覺得釋放了不少最近累積的壓力，心中有些神清氣爽。

「來吧！讓我們繼續愉快的屠殺之旅吧。」

「主旨是不是不知不覺間變了……」

「左歌老師。」

「嗯？」

「待會出現的，大概是四天王之首。」

「那個沙包……不，那個人是怎麼樣的人？」

「總覺得你將我們親衛隊完全看扁了，身為其中的一分子，我的心情好複雜。」

「誰叫這些人戰鬥起來紳士又有格調，這麼品德高尚又光明磊落真是令人傷腦筋。」

「咦？妳這到底是在稱讚還是在責罵他們啊？」

白鳴鏡嘆了口氣說道：

「不過，四天王之首是個很奇怪的人，沒有人知道他的真面目。」

「跟我一樣擅長易容？」

「不，不僅僅是如此而已，他會完全化作敵人的模樣。」

白鳴鏡指著自己的臉說道：

「竭盡全力模仿對方的樣子，和敵人有著等量的能力，不受任何感情所限制。」

「就像是『鏡子』一般？」

「沒錯，而那同時也是他的外號。先由四天王的其他人引出敵手的能力，再由四天王之首出面收拾，不管多少難纏的敵手，都會被這樣的套路解決掉。」

「原來如此，假設實力一樣，那當然是體力還沒被耗損的人得勝。」

「所以這場戰鬥，左歌老師妳務必要小心應付。」

「聽起來好像滿有趣的，我開始期待起來了。」

語聲剛落，前方就傳來了「鏡子」的腳步聲。

我推測這人應該是自我催眠的高手。

如果對方完全複製我的能力，那就表示戰鬥能力相同，而且因為深陷暗示中，所以再卑鄙的手段都對他無效。

那麼，接著該怎麼做呢？

「晚上好，白鳴鏡，還有——我自己。」

就像是在照鏡子一般，我面前的左歌對我露出了笑容。

「來吧。」

我從裙子中掏出了槍嚴陣以待，而她也跟我做了一樣的舉動——

「咦？這要怎麼用來著？」

手忙腳亂的「鏡子」慌慌張張地拿著槍，但因為沒抓穩的關係，槍「砰」的一聲掉到了地上。

「…………………………」

在我無言的注視下，她躡手躡腳地將槍揀了起來。

「嗚啊啊……記得之前學過，首先打開保險，然後拉一下滑套，接著將手指伸進護弓內——」

——砰！

她在槍口對著自己的瞬間，一不小心扣下了扳機。

額頭中彈的她就這樣倒了下去。

「…………………………」

白鳴鏡不知為何眼神就像死掉一般，裡頭一片空無，什麼都沒有。

「真不愧是『鏡子』。」

我輕輕鼓掌說道：

「完美複製了『左歌』的情況，真是讓我深感佩服。」

想想也是當然的，他沒看過奈唯亞和白色死神。

若是照著我現在的模樣複製，那當然會變成如此。

「…………」

大概是打擊真的很大吧，白鳴鏡呆呆站在原地，一句話都說不出來。

拉著化作石像的白鳴鏡，我們繼續前行。

在半夜四點時，我們終於抵達了目的地。

保存期末考試卷的地方是一個巨大的金庫，鑲在牆壁中的鐵箱，看起來就像是個鐵做的房間。

雖然要進去前必須先解決許多機關，例如聲紋、ＤＮＡ和密碼認證等，但對我來說這些都不成問題。

打開緊鎖的金庫大門後，我和白鳴鏡來到了內部。

裡頭約莫四十坪大，擺放著一層又一層的木置書架，書架上頭整齊收著各年級的期末考試卷。

「那些在親衛隊努力的日子到底算什麼……」

終於恢復一點神智的白鳴鏡失了魂似地說道：

「要不……我乾脆退出親衛隊好了……」

「你還在糾結剛剛的事啊？」

我拍了拍白鳴鏡的肩膀笑道：

「別在意、別在意！是個男人就別在意。」

「……四天王竟然這麼簡單就被幹掉，這叫人怎麼不在意。」

「坦白說，剛剛來的路上，我本來還期待有第五個出現的。」

「……」

「四大天王有五個是常識。」

「我已經搞不懂什麼是常識了……」

白鳴鏡輕嘆了一口氣說道：

「每次妳都能輕易地做出超出我想像的事。」

「這樣就驚訝怎麼行，白色死神本人可是更驚人的喔。」

「說得對，要是白色死神的話——」

說到此處，他像是想到什麼似的緊盯著我。

「怎、怎麼了？」

那個視線意外的刺人，我有些不自在。

「我突然發現，奈唯亞感覺好像跟白色死神很熟識。」

「……」

「而且，為何奈唯亞要幫忙白色死神對抗無名呢？幫助他對妳有什麼好處？」

「…………」

「莫非，奈唯亞妳其實是——」

「啊啊——！」

我趕緊大喊一聲，打斷白鳴鏡的話。

「天快亮了，我們得趕緊加快行動才行。」

「…………」

「嗚嘔嘔嘔嘔嘔——」

為了轉移話題的方向，我從胃中吐了幾個透明的玻璃瓶。

「不管看幾次，這招我都無法適應……」

「只要將這個波璃瓶中的液體灑到試卷紙上，就能測試出有沒有毒藥喔。」

「這麼神奇？」

「要是連毒藥都不懂，當個隨扈可是活不下去的喔。」

「可是這樣不會弄溼紙張，毀掉試卷嗎？」

「放心吧，那個液體只要接觸到紙的瞬間就會揮發掉，完全不留痕跡。」

「越來越神奇了，這液體的成分到底是什麼？」
「你不要知道比較好。」
「……」
「真的，最好別知道比較好。」
「竟然說了兩次……」
「記得戴上手套再灑，要不然會有生命危險喔。」
「……這麼危險？」
「要是檢測到毒藥，試卷紙會冒出一朵又一朵的蘑菇，若發現時記得跟我說。」
「說真的，這液體到底是什麼東西！」
我們一邊快速作業，一邊小心地不漏掉任何一張試卷。
等到東邊現出魚肚白時，我們終於成功的將所有試卷灑上我帶來的液體。
「沒有……」
我看著什麼都沒改變的試卷說道：
「一張起反應的考試卷都沒有。」
「……無月陰真的是打算靠下毒找出白色死神嗎？」
「這點我可以肯定，因為這個計畫是我們一同擬定的。」
「那麼，這是怎麼回事呢？」
「我本來認為若是可以假扮成任何人的無月陰，說不定能靠著某種方式摸到存放試卷紙的地方，但看來是沒有成功啊。」

我「啪啪」地拍著白鳴鏡的肩膀說道：

「太好了，看來四天王的守備確實起了作用。」

「真的是如此嗎……總覺得有些奇怪。」

「既然沒事就好，那麼，我們也該回去準備期末考了——」

「不如乾脆就在這邊接受考試題目吧？」

就在我這麼說時，一道聲音突然從某個木架後方響起。

在我和白鳴鏡驚訝的目光下，一個人悄無聲息地從架子後方走了出來。

「哈囉，白鳴鏡——」

真正的左獨對我露出了笑容說道：

「還有化裝成左歌的奈唯亞。」

「……我就知道事情不會那麼順利。」

果然，四天王有五個是常識啊。

最終魔王現身了。

既然已經被看穿了，那也不用再偽裝了。

我摘掉假髮和身上的變裝，在一瞬間恢復成了奈唯亞。

「奈唯亞……」

白鳴鏡輕拉著我的袖子，小聲說道：

「這個人是誰……？」

這人是你們左家真正的首領。

真是諷刺啊，明明宣示為親衛隊奉上一切，卻連為誰效忠都不明白。

「這個人是──」

就在我猶豫該怎麼蒙混過去時，左獨笑著指了指她左胸前的胸章，看到上頭的文字後，我馬上就意會過來。

「這個人是奈唯亞專屬的期末考出題者。」

左獨別著的金色胸章上頭，刻著「考官」兩個字。

「難怪……她能看穿妳的偽裝。」

「所以，考官大人。」

我看著不知為何正在哼著歌的左獨問道：

「找我們有什麼事嗎？」

「身為考官，看到有人對試卷動手腳，當然是要過問一下的吧？」

「請妳高抬貴手，原諒白鳴鏡學長！」

我深深低下頭說道：

「奈唯亞拚命阻止堅持要來的學長，但沒有成功，這一切都是因為奈唯亞的能力不足！」

「那個，奈唯亞……」

白鳴鏡舉手似乎想說什麼，但我趕緊打斷他。

「雖然說要來的人是鳴鏡學長，奈唯亞只是被動的陪同，但還是算奈唯亞的錯好了！」

「…………」

「奈唯亞這個無關者都這麼委屈幫你道歉了，鳴鏡學長你這個主事者也別客氣，快點承認都是自己的錯啊！」

「嗯，我還是第一次看到這種口口聲聲說是道歉，卻一直在把錯推給別人的說詞呢。」

左獨哈哈一笑道：

「不過聽起來挺有趣的，這次就放過你們吧。反正我今天來的目的，不過是要將期末考試卷提早交給奈唯亞而已。」

「咦？」

為何要這麼做？

「因為適合你的試卷，並不是傳統的紙本考試，而是『這個』。」

左獨彈了一下手指，「啪」的一聲，整個金庫突然亮了起來。

「這是……？」

在鐵房間的牆上，突然亮出了一個畫面。

「這是『無名』的自白。」

「……『無名』的？」

「我很好奇看完這道題目後，你會給出怎樣的答案。」

左獨露出了燦爛的微笑說道：

「別讓我失望喔，奈唯亞。」

影像中的無名戴著面具和圍巾，就像是我半年前遇到的無圓缺。

坐在椅子上的她，緩緩開啟了小口。

道出了僅屬於她的不死之祕……

「無名」是一個巨大的團體。

人數非常龐大，並不只是十人、百人、千人的規模。

——而是數十萬人的聚合體。

為了實行「無名計畫」，「無」搜集了幾十萬名的幼童。

他們想要以人為的方式，製造出「白色死神」的複製體。

白色死神是個怪物，他的實力源頭，在於那奇異的感性。

或許是歷經太多意外和生死關頭，他總是能在瞬間嗅出危險，並在令人絕望的絕境中，找出那唯一一絲的生路。

「無」的首領暗鐮大人認為，要追上這樣的白色死神，只要經歷和他同樣的人生就好。

所以，每個「無名」在開始進行實驗的第一步，就是挖掉一隻眼睛。

埋入高性能的義眼，讓這十萬人看著同樣的景象。

接著，就是在身體內埋入機械和電線，確保所有無名能聽到同樣的聲音。

這些影像和聲音都會儲存在體內的伺服器中，並同步傳送到「無」的基地裡。

明明是十萬人，卻被強迫體驗一個人的人生。

大約有兩成的人在此時瘋掉了。

為了確保數據充足，每次派出去和白色死神戰鬥的「無名」僅有一位。

其他剩餘的人都被關在狹小的單人牢房中，二十四小時播放外出之人的影像和聲音。

即使是在睡眠時間，這樣的錄像和雜音都不會停止。

而且，不只如此而已。

「無名」吃過的東西，我們得吃。

「無名」摸過的事物，我們必須摸。

「無名」若是不幸受傷——

——那我們的身上就得刻下一樣的傷痕。

又有四成的人在此時瘋了。

沉浸在無盡的記憶和感官汪洋中，越來越多人迷失了自我。

我是誰？

我在哪裡？

我是個體還是群體的一部分？

即使用「恨著白色死神」這件事當作自我的標記，那也有其極限。

必須忘記自己是誰，才能承受住這樣的折騰，保持僅存的一絲理智。

但矛盾的是，若忘記自己是何人，那又怎麼稱得上是正常人呢？

不過，暗鐮大人對此仍不滿意。

用大量的人類和時間累積出來的「無名」，雖然越來越接近白色死神，但仍有著一段十分遙遠的距離。

於是，最終試煉開始了。

因為義眼和體內的機械，所有無名都能感受到與白色死神戰鬥時的情景。

但是感受和認知是兩回事。

在暗鐮大人的安排下，所有與白色死神的戰鬥重現了。

安排一樣的場景，安排一樣的戰鬥。

若是無名被白色死神射殺，那就所有無名都和槍手進行戰鬥。

若是無名被白色死神砍死，那就所有無名都和拿著刀子的殺手進行廝殺。

雖然「無」內部的殺手不及白色死神，但若只是重現剎那間的動作，對他們來說並非難事。

——必須跨過這次的死亡。

——必須跨過下次的死亡。

——必須跨過之後無數次的死亡。

就像被強迫吞食和白色死神的生死一瞬，我們得到了大量的成長。

但在成長的同時，更大量的人死去了。

幾乎所有的無名都葬送在這場試煉中。

不是在戰鬥中喪命，就是因為喪失自我而發瘋。

原本幾十萬人的無名，僅剩下不到百位。

最後，在無盡的輪迴和大量的屍體土壤中，暗鐮大人期待的事物終於開花結果了。

「我」這個「特異種」出現了。

我熬過了所有生死試煉，得到了目前所知的白色死神技能。

而且，我在容納大量死去之人記憶的同時，仍能保有自我。

我之所以能做到這點，是因為比起其他無名，我有個小小的特異之處。

我原本就是群體中的個人。

我是「一」，同時也是「多」。

每當迷失在意識的大海中時，我就會藉著觸摸自己，找到自己究竟在何方。

我是三胞胎。

名為「陰、晴、圓缺」的三姊妹。

「三胞胎……」

當看到關鍵字時，無數回憶湧上我的心頭。

——「我的名字是從月亮來的，而月有『陰晴圓缺』。」

——「最一開始時，我的名字叫無圓缺，若是一不小心死了，那會變成無月晴，以這個順序推下去，接著當然就是無月陰。」

「原來如此啊……」

所以當我殺掉無月晴後，接著出現的無月陰才會長得一模一樣。

「一年前，你就已經遇到三胞胎的其中一人了。」

左獨指著影像說道：

「而你對他們做了什麼，你應該很清楚。」

——「不斷輪迴的不死，終究還是會有bug出現的一天，我想……我就是那個『bug』吧。」

——「我想保護……我的姊姊……」

——「我確實有姊姊，而且有兩個……」

「暫且……叫我『無圓缺』吧，『陰晴圓缺』的『圓缺』。」

伴隨著腦中出現的過去聲音，影像中的無名——不，或許該說是三胞胎的其中一人，繼續說著過往的事。

冠上無名之「無」，我們三姊妹私下為自己定下了名字。

無月陰、無月晴、無圓缺。

當然，暗鐮大人並不知道此事。

為了試驗這十年的養成結果，暗鐮大人終於將我們這些「特異種」派了出去。

第一個當然是最小的妹妹，無月缺。

但就在此時，對我們來說是幸也是不幸的意外發生了。

當登上雙之島的那刻，某種 bug 發生了。

義眼和體內的資訊傳送裝置不知為何發生了故障，那總是持續不斷的影像和雜音，像是一開始就不存在般突然間停止了。

這是最初也是最後的機會。

暗鐮大人不知道的是，藉著看著姊妹，我們穩固了自我；但也是因為有了自我，我們誕生了一絲屬於自己的想法。

想要拯救自己——想要拯救姊妹。

但是，體內的機械並不只是單純的資訊傳送裝置而已，它同時也是我們無名的沉重枷鎖。

它讓「無」可以時時刻刻地監視我們的一舉一動。

而且不只如此，要是我們有什麼稍稍出格的舉動，它就會流出足以讓我們致死的毒藥。

當然，我也曾想過，或許這只是暗鐮大人設下的陷阱。

但反正我已經沒什麼可以失去的。

就算喪失了這條命，下一個無名也會重生。

我的記憶和人生，也會由自己的兩位姊姊繼承。

不過，說來也真是諷刺。

但我想要尋求幫助我們的人時，我赫然發現一件事——

除了白色死神外，我什麼都沒有。

我沒有過去、沒有現在、沒有未來。

就連自己，我都不曾擁有過。

我唯一被允許前往的地方，唯有白色死神面前。

所以，我找上了他。

「白色死神。」

我向他提出我這輩子第一次，也是唯一一次的願望。

「只要提出委託，你就願意保護任何人。」

我希望這個永恆的地獄結束。

月亮的陰晴圓缺永遠不會停止，但若我這個「圓缺」消失，可以確保其他姊妹永遠圓滿，那我會想成為那個句點。

「那麼——」

對著白色死神——也是我們一直尋覓的終點，我向他懇求道：

「若是我現在向你提出委託，希望你保護我，那麼你會選擇怎麼做呢？」

影像戛然而止。

但也沒必要再繼續播放了。

因為我比誰都清楚過去發生了什麼事。

無圓缺向我提出了保護的委託，但是我拒絕了她。

——**「服下這個藥吧。」**

在我的欺騙下，無圓缺服下了毒藥，變成了活死人。

——「你這個卑鄙小人、卑鄙小人、卑鄙小人、卑鄙小人、卑鄙小人——只想著自己的卑鄙小人！」

我將喪失意識的無圓缺監禁半年，將其困在生與死的夾縫中。

——「這樣的我……像是你了嗎？」

只是，無圓缺同時也在欺騙我。

明明已經甦醒一個月，卻始終隱忍不發，直到最佳的偷襲時機到來。

——「和我一起死吧……」

我和她同時舉槍瞄準對方的畫面浮現腦中。

我摸著額頭的舊傷。

雖然留下了這道傷痕，但最終無圓缺還是死在我的手下。

接著的半年，我還是不斷地被新出現的無名襲擊。

只是那些人之中，再也沒有一個人像是無圓缺一般特異。

「但就在前幾天，你與故人重逢了，嗯……這樣用詞精確嗎？」

左獨轉著手指說道：

「算了，既然她們是三人一心，雖然個體不同，那就算是同一人吧。」

「妳是指無月晴吧？」

「是啊，她在聖誕祭時和你進行了一場激烈的戰鬥，接著你又跟白鳴鏡一同將她的真身找了出來。」

當找到無月晴後，我欺騙她白色死神就是左歌，藉此獲得了她的信任，和她締結了同盟之約。

「但最終無月晴也沒有逃過被你殺死的命運。藉由她的死，你也將三姊妹中最後的特異種——無月陰喚了出來。」

至此，有關無名的不死之祕全數破解。

用大量的人類和時間堆疊出來，造就了死而復生的假象。

要是一個人追不上我，就用十萬人一起追吧。

要是十年不夠，那就拿出十萬人的十年一同消耗吧。

凝聚了所有和我戰鬥的生死一瞬間，「無」終於造出了接近我的存在——「陰晴圓缺」。

「順道一提，無圓缺之所以踏上雙之島會產生bug，是因為那時剛好是期末考。」

左獨指著胸前的考官牌說道：

「為了防止學生作弊，『左』在期末考時會展開強力的干擾力場，讓所有通訊裝置失效。」

當看到左獨寄給我的東西時，我就料到應是如此。

「那麼，接著你打算怎麼做呢？」

左獨一臉壞笑地問道：

「聽完『陰晴圓缺』三姊妹的故事後，你接著打算對無月陰做什麼？」

「……真是壞心的期末考題目啊。」

不過，一直以來我要做的事都不會改變。

就算「陰晴圓缺」的過去再悲慘，就算我曾對她們做過什麼，那都不重要。

「如果無月陰是我的敵人，我就會殺了她。」

「這樣，『陰晴圓缺』就全死囉？」

「那又如何？」

「…………」

聽到我這麼說，我身旁的白鳴鏡露出了複雜的神情。

「不如說殺了她們更好。」

畢竟她們的實力和我接近，威脅當然是越少越好。

「不過就算把『陰晴圓缺』都殺光，也一樣無法解決問題吧？」

「確實，這十年來培養『無名』的數據，一定儲存在了『無』的組織中。」

只要不計成本，誰都能倚靠那些資料，再度生出和「陰晴圓缺」一樣的特異種來。

「但是——」

不管有幾個人過來都無妨，戰鬥的勝負，並不只是單純的取決於強弱而已。

「只要最後活下來的人是我就好，我對此有信心。」

「…………………」

此時，我注意到了。

站在我身旁的白鳴鏡緊握雙拳，像是在拚命忍受什麼。

當看到這景象後，我終於明白了左獨的真意。

——她是故意提早給我試題的。

她想讓白鳴鏡知道無名的過去，也想讓他看到我在知曉這些過去後，會做出怎樣的選擇。

這才是——真正的期末考試題。

「奈唯亞……」

白鳴鏡在猶豫了一會兒後，終於還是抬起頭來說道：

「我覺得這樣不太好。」

「哪裡不好？」

「不該殺掉無月陰。」

「你的意思是，若是她殺過來或是襲擊左櫻大人，我們都該視而不見？」

「不是這意思。」

白鳴鏡搖了搖頭說道：

「肯定還有方法，能拯救所有人。」

「……」

「雖然無月陰確實是個威脅，但看過剛剛的影片後，難道妳都沒有任何想法嗎？」

「什麼想法？」

「真正的惡是『無』這個組織！」

白鳴鏡激動地指著剛剛播放影片的牆說道：

「『無名』跟『陰晴圓缺』都只是單純的受害者而已！」

「所以呢，奈唯亞就必須拯救他們嗎？這樣做我能拿到什麼好處？」

「竟然說好處……？」

白鳴鏡一副不可置信地說道：

「幫助有困難的人，這難道需要什麼理由嗎？」

「當然需要。」

我靠近白鳴鏡，壓低聲音說道：

「若是選擇幫助月陰學姊，那就是得和足以屠殺十萬人的大組織對抗啊，奈唯亞為何要無償做這種事？」

「即使在我們說話的這刻，都可能有『無名』喪命啊！」

「你知道嗎？鳴鏡學長。」

我以冰冷的聲音說道：

「實力不足就想拯救他人，不過是種傲慢。」

「…………」

「比方說吧。」

我從裙中抽出手槍，抵在白鳴鏡的下巴處。

「如果現在奈唯亞說要殺了你，那麼你會怎麼做？」
「我什麼都不會做，因為我知道妳不會開槍。」
「真的是這樣嗎？」
我露出淺笑，毫不猶豫地扣下扳機。
——砰！
出乎意料的槍響，讓白鳴鏡臉上的血色瞬間褪去。
「若是剛剛槍裡有子彈，鳴鏡學長就死了喔。」
我將槍收進裙子中說道：
「連自己的命都無法擺在最優先的位置，談什麼保護他人。」
「所以……妳希望我毫不猶豫地反殺妳嗎？」
「就是該如此沒錯。」
我認真地看著白鳴鏡的雙眼，緩緩說道：
「為了活下去而欺騙、說謊、背棄他人——
「——這才是，能保護他人的人。」
「——！」
聽到我說這句話，白鳴鏡露出了再驚訝不過的表情。

——若是能當英雄，誰想當個反派呢？

坦白說，我不討厭他的天真。

就是因為沒經歷過地獄，才會憧憬英雄。

但是，這樣的憧憬並非錯誤。

真正錯的——

或許是認為這世上已沒有英雄的我。

「想拯救全部人這種事，還是留在夢裡吧。」

我拍了拍動彈不得的白鳴鏡肩膀說道：

「明明就連奈唯亞是什麼樣的人都沒看穿。」

「很好。」

在一旁看著這一切的左獨輕輕拍了拍手。

「這場期末考你及格了。」

對我露出了滿足的微笑，左獨在我耳邊輕聲說道：

「你沒有讓我失望，因為自始至終——」

「你都是個自私的人渣喔。」

第六章　要是連死而復生都不會，當個隨扈可是活不下去的

剩餘報酬：84億

「五色高中的期末考——」

代理左獨的威嚴男聲，透過廣播傳遍了整個島。

「於一月二十三日八時正式開始。」

——滋！

一年前的異樣感再度襲來。

就像是有一個半圓形的電子網罩住了雙之島，所有人的手機都暗了下來。

從這瞬間開始，直到期末考結束，所有通訊裝置都失去了效能。

順道一提，防止作弊的措施還不只如此。

五色高中共有三個年級，每個年級六個班全數打散，分到不同的房間應試，使得一個房間中只有約莫五人左右。

所有人都埋頭寫著試卷。

但是，我的心思完全沒在上頭。

——這件事光是解開真相是不夠的，真正麻煩的，反而是真相揭曉後的處理。

我一邊用鉛筆敲打著試卷，一邊陷入沉思。

左獨說得對，無名的不死之祕並不難破解，其中其實藏著許多線索和不自然之處。

真正難以應付的，是想出一個對抗無名的計策。

就算將無名全數殺光也沒用。

「無」的手上，有著這十年累積出來的數據。

只要他們不放棄這個白色死神複製計畫，新的無名必定會持續誕生，而且若是持續下去，說不定真的會誕生足以將我抹殺掉的殺手。

我得將這個後患徹底消除掉才行，這也是為了「LS任務」好。

但這幾近是不可能的任務，我無法徹底摧毀「無」，也沒有將這些數據全數消除的手段。

——「真正的白色死神，不是個除了自己和自己的目的外，對任何事都不放在心上的人嗎？」

左獨過往跟我說過的話，再度在我心中響起。

「她還真是了解我。」

機會只有一次，前置準備都已經完成。

期末考就是我唯一的機會。

「來吧。」

我的臉上露出奸笑。

——砰！

此時，我身旁的同學突然停下了筆，不支倒地！

「讓我一次把這些問題全數解決吧。」

不管是「無」、「無名」還是「LS任務」都是。

「嗚……」

——砰！

第二個同學手摀著胸口，臉現痛苦之色倒了下去。

——砰！砰！砰！

接著是第三個、第四個、第五個——

人類陸續倒下的聲音響徹了整個學校。

一點都不慌張的我，默默地等待這個騷動停止。

過了約莫五分鐘後，整個學校陷入了死一般的沉寂。

——**「白色死神，是否是個自私的人？」**

「抱歉，左櫻。」

妳大概不用回答我這個問題了。

「因為，我比誰都還清楚這個問題的答案。」

跨過倒下的同學，我走出了教室。

***

當我打開門後，等著我的是約好的無月陰。

「奈唯亞，等妳很久了……」

她將臉埋進繡著「陰」的圍巾裡頭，輕聲說道：

「讓我們一同找出白色死神究竟是誰吧。」

「沒問題。」

「只要找出還清醒的人就好了……對吧？」

「是的。」

我和無月陰一同走著，逐間確認有沒有清醒的學生。

整個校園就像是經過了什麼大災難。

認真應考的學生都因為中毒而倒下了，而走廊上也躺著許多監考的教師。

我甚至看到左歌舌頭吐出來和翻白眼的模樣。

為何妳在昏迷時一定要雙手比剪刀手？這股堅持到底是為了什麼？

「對了，月陰學姊。」

我看著以熱切目光注視教室內的無月陰問道：

「若是沒找到白色死神，接著妳會怎麼做呢？」

「嗯……」

無月陰思考了一會兒後說道：

「那麼，我大概會自殺吧……」

「……」

「與他約定的期限是期末考前……與他約定的是『我』這個個體，要是『我』死了，那這約定就不能算數……」

果然，這傢伙也跟「無圓缺」一樣，有著「自我」。

「要是連『追尋白色死神』這個目標都喪失了，那其他無名是活不下去的……」

就和一年前一樣。

因為期末考的干擾立場，無月陰知道自己體內的機械已暫時失去了效用。

所以，放任自我的她輕聲說道：

「這是……我唯一能給剩下的無名……那稱不上禮物的詛咒……」

「那麼，若是妳成功找到了白色死神呢？」

「若是以往，我會希望他保護『我』。」

我想起了一年前的事。

走投無路的無圓缺來到了我面前，提出了這樣的要求。

——**若是我現在向你提出委託，希望你保護我，那麼你會選擇怎麼做呢？**

她們找上了唯一能依靠的對象，希望我能保護她們。
雖然是不同的三個人，但她們的心是同一個。
「但是……『陰晴圓缺』中……只剩下我了。」
輕輕扯了扯圍巾，無月陰第一次露出了屬於她的表情。
「妹妹已經全部消失了……」
「嗯……」
「在這樣的狀況下，我似乎……已經沒有想要保護的對象了……」
那股淡淡的悲傷，第一次讓我認知到了——
這個人並不是無名的一部分，而是「無月陰」這個人。
那麼，就讓她也快些解脫吧。
雖然時機有些早，但我還是握住了裙子中的槍，準備實行我的計畫——
但就在此時，一個出乎意料的人出現了。
「——等一下！」
一聲大吼停止了我們的動作。
我們轉過頭去，只見白鳴鏡一邊喘著粗氣，一邊扶著牆站著。
搖搖晃晃的他滿臉冷汗，看起來就像是隨時會倒下去。
「回答我啊——奈唯亞！」
白鳴鏡強撐著身子，大吼道：
「為何整個學校的人都倒下去了！」

「這點你不是應該很清楚嗎？」

我指著身旁的無月陰說道：

「在月陰學姊的安排下，試卷被下了遲效性的毒藥，只要接觸試卷夠久，那毒就會從皮膚入侵，強制停止中毒者的生理活動，讓他陷入假死狀態。」

事實上，跟那些昏倒的人一樣。

白鳴鏡的臉一點血色都沒有，明顯也是陷入了中毒狀態。

之所以沒倒下去，大概是因為他預先服了某種藥物當作保險吧？

但這一點用都沒有。

從他的狀況看來，只要再幾分鐘就會喪失意識。

「奈唯亞……」

無月陰輕拉了拉我的袖子說道：

「這人醒著……所以他是白色死神嗎？」

「月陰學姊覺得像嗎？」

「大概不是吧……要是白色死神，才不會因為這麼點毒藥就變得如此虛弱呢……」

「是的，他只是個無關的路人，根本就不用管他。」

我拉著無月陰，就想轉身離開。

「當事情發生時，我一直在思考，到底毒是怎麼來的——」

此時，一個微弱至極的力道阻止了我。

我轉頭一看，只見面色蒼白如紙的白鳴鏡抓住了我的衣角。

「無月陰根本就沒進去過保存試卷的金庫……不如說除了我們兩人之外，根本沒有其他人進去過。」

「還有那個考官啊。」

「她根本就沒有作業的時間吧？」

「真是奇怪啊，那究竟是誰下的毒呢？」

「妳到底要裝傻到何時，既然只有『兩個人』進去金庫，那就表示只有他們有機會下毒——

「下毒的犯人，正是我和奈唯亞啊！」

「正確答案。」

我回過頭去，露出了讚賞的笑容。

「我在試卷紙上，灑上了名為『人偶』的毒藥。」

「妳利用了我！」

「是啊。」

「妳謊稱那是探測試劑，讓我和妳一起下毒在試卷上！」

「沒錯，就是如此。」

「妳、妳這卑鄙小人！」

——你都不覺得你自己很卑鄙嗎！

過去和現在的話語重疊在一起，這已是我第幾次聽到這句話了呢？

「我不是跟鳴鏡學長這樣說過了嗎——」

我將他拉住我衣角的手扯開說道：

「『明明就連奈唯亞是什麼樣的人都沒看穿』。」

「我、我……」

再也撐不住的白鳴鏡單膝跪下，不知為何聲音有些哽咽。

「我本來還有些期待，妳就是我憧憬的『那個人』。」

「……」

「但我現在明白了，妳根本就不可能是他！因為他絕對不可能會像妳這樣，狠狠地踐踏他人的信任！」

「是啊，奈唯亞不是他。」

——我不是英雄。

「抱歉，讓你失望了。」

我掏出槍來，對準了白鳴鏡的眉間。

——砰！

隨著一聲槍響，本來喧鬧的走廊再度恢復了平靜。

「這樣好嗎……？」

無月陰看著因為痲醉子彈而喪失意識的白鳴鏡說道：

「他看起來難過得像是要哭了。」

「沒關係的，奈唯亞剛剛也說過了。」

我將槍收回裙下，露出燦爛的笑容說道：

「他只是個無關的路人。」

我們繞遍了所有教室，結果完全沒發現醒著的人。

或許是因為通訊干擾的關係，也沒有人發現五色高中有那裡不對勁。

最終，我和無月陰來到了屋頂。

「看來，這場賭約是我輸了呢……」

無月陰仰頭看著天空，伸出手去像是要觸摸藍天。

「期末考要結束了，我那一點點自由的時間也要消失了……」

「月陰學姊，抱歉，都是奈唯亞辦事不力。」

「沒關係的，妳的計策很好，至少終於解了我多年來的疑惑。」

「嗯？」

「所有人都因為中毒倒了下去，若是還有人醒著，那個人就會是白色死神。」

無月陰轉過頭來，認真地看著我的雙眼問道：

「那麼，誰現在還醒著呢？」

「…………………」

「除了我之外，誰還醒著呢？奈唯亞。」

「……………………………」

她發覺了嗎？不，我的本能在此時發出了警報，她確實察覺了真相沒錯。

但是，她為何不說破呢？

「放心吧。」

無月陰輕掩著嘴角說道：

「我沒有要贏得這場賭約的意思。」

「……為什麼呢？」

「就算真的贏了，白色死神也不會保護我的……」

「他不曾在任務上說謊過，若是接下的任務，那就必定會完成——」

「妳錯了，我比誰都還瞭解他，甚至比他自己還瞭解。」

「……」

「畢竟，我是追了他十年的人啊……」

「嗯……」

她發現我的謊言了。

我之所以能做到百分之百完成任務，是因為我一次僅接「一個任務」。

實力不足就想著保護他人，是一種狂妄。

我從來不認為，我有保護兩個人的能力。

「現在的白色死神，大概已經有要保護的對象了……所以就算贏了，他也不會看我一眼。」

無月陰幽幽地說著，不知為何側影有些落寞。

「既然妳都明白，當初為何要跟白色死神立下賭約？」

「因為我想讓他因為我而傷腦筋，哪怕只是一點點也好。」

「真是壞心眼啊。」

「這點心思就原諒我吧。」

無月陰掩嘴輕笑，冬日的冷風吹過屋頂，拂動了她身上的圍巾。

「月陰學姊。」

我忍不住問道：

「妳對白色死神是怎麼想的？」

「為什麼……要這麼問呢？」

「他不是殺了妳的妹妹無月晴嗎？」

「不只無月晴吧？我們早已被他殺過無數次。」

不斷反覆的影像，以及化作現實的死前一瞬間。

「雖然無月晴確實是我妹妹，但那只是攀附在幾乎要消失的自我上的關係而已，並不值一提。」

摸著圍巾上繡著的「陰」字，無月陰說道：

「她的人生和記憶，我確實承接了下來，我就是她。」

「那麼，死去的無月晴恨白色死神嗎？」

「恨又是什麼呢？一直被白色死神殺害，若依照一般論，我們所有無名都應該恨著他，是嗎？」

「是啊。」

「但是，我們的世界只有這股恨，所以，我們小心翼翼地抱著這份感情，並花盡一生去珍惜它。」

「……這聽起來，實在難以想像是在談論恨啊。」

「一直以來，我就像是做著一個很長的夢。」

睜著迷濛的雙眼，無月陰緩緩說道：

「我拚了命地追著白色死神，但不管怎麼追，都觸及不到他的背影。」

「嗯……」

「我們以白色死神當作活著的原動力，也不允許去思考除此之外的事。」

無月陰摸了摸自己額上的傷口說道：

「所以，或許一輩子找不到他也好。」

「……為什麼？」

「因為若是找到他，我們就沒有活著的目標了。與其這樣，不如就讓這場痛苦且永恆的捉迷藏永遠持續吧。」

這或許才是她不點破我真實身分的真正理由。

無月陰轉身背對了我。

沐浴在冬日的陽光中，她看起來就像是要融化和消失一般。

「不管再長的夢，都應該有終結的一天。」

無月陰解開圍巾，長長的圍巾隨風飄揚。

我舉起槍，瞄準著她的背後。

讓所有學生陷入假死狀態，為的不過是殺了無月陰時，能不被其他人干擾和目擊。

「謝謝你。」

「有什麼好道謝的？」

她大概知道我接著打算做什麼，但是她仍裝作不知道的模樣。

「謝謝你，一直讓我活著。」

「嗯。」

「謝謝你，一直讓我終結。」

「嗯。」

「謝謝你，一直讓我重生。」

「嗯。」

「謝謝你這十年總是出現在我夢中。」

轉過頭來，無月陰露出了僅屬於個人的笑容說道：

「謝謝你一直以來的陪伴——

「謝謝你，讓我永遠不寂寞。」

——砰！

子彈從槍口噴出，以螺絲狀的軌跡往前飛行，打在了無月陰的額頭處。

她曾給予我一樣的傷口，而最後她抵達的終點，同樣是這道傷痕。

她知道的，只要轉身看向我，那我就一定會被逼得終結這一切。

「這樣……一切就結束了。」

無圓缺在半年前被我所殺。

無月晴在一星期前被我所殺。

無月陰在此時此刻被我所殺。

至此，名為「陰晴圓缺」的三姊妹，已全數喪生在我手下。

而因為無月陰已死，所以新的無名必定會誕生。

但是因為期末考的電子干擾的關係，想必「無」還不知道發生了什麼事。

這短暫的空檔，就是我的可乘之機。

只要裝扮成無月陰的模樣，潛入「無」的內部，就有可能終結這個「無名計畫」。

我扛起無月陰，準備離開屋頂。

「接著，看來會有一段時間不會回來了。」

我從屋頂處往下俯看整個五色高中。

已有幾位同學開始有甦醒的跡象。

這次的毒藥劑量很輕，僅會讓人陷入短暫的假死狀態。

只要再一小時左右，所有人都會全數清醒，而且不會留下任何後遺症。

雖然可以預期會產生些許混亂，但這就交給左獨去想辦法吧。

「真是的……」

本來有些期待寒假，也期待能用「以舊換新」活動更新「ＬＳ任務」的報酬，但目前看來一切都成了泡影。

「…………………」

不知為何，突然覺得有些疲憊。

就算真的完成「ＬＳ任務」，我所期許的平靜生活真的會到來嗎？

——我已知道你的未來會是如何。

無名的詛咒再度從我腦中響起。

——像你這樣的卑鄙小人，最後一定會不得好死。

一直追著我的他，就像是我的影子。

看著他，就像是在映照鏡子。

而這樣的鏡子呈現出來的，是無數次被人殺死的慘死模樣。

「我想，我的終點大概也會是如此吧。」

但即使知道是絕路，也不能放棄前行。

就掙扎到最後一刻吧。

必須先終結「無名計畫」，解決不斷糾纏我的「無名」，才能考慮「LS任務」的事。

背著無月陰，我緩緩走進門中的黑暗——

「——等一下！」

「咦？」

此時，一聲大喝制止了我！

「給我等一下，奈唯亞！」

我轉過身去，結果看到了一個出乎我意料之外的人站在我身後。

「左櫻大人？」

她怎麼會在這邊？又怎麼會沒染上毒藥而喪失意識？

「妳……沒參加考試嗎？」

「我有參加啊，只是完全沒碰試卷。」

「…………啊？」

「我、我滿腦子都是昨天妳和白鳴鏡說的話，什麼深夜見面，什麼不讓你睡的……」

「…………」

「從昨天開始，我的腦袋就亂糟糟的，無法思考除此之外的事情。等到我回過神來，已經坐在期末考的會場了，然後周遭的同學不知為何已經倒了下去。」

「我的天啊……」

沒想到為了將白鳴鏡塑造成渣男，竟導致了這樣的後果。

「雖然我有試著用魔法救助昏迷的同學，但不知為何完全沒有反應。」

左櫻的魔法需要透過頭髮上的櫻花傳達給親衛隊，因為通訊現在已經完全中斷了，她的魔法自然是用不出來的。

「那為何奈唯亞剛剛沒有在學校中看到左櫻大人？」

「因為知道事態不對，我思考了一會兒後，決定暫時先躲起來。」

「……躲在哪邊？」

「有備無患是對的。」

「嗯？」

「我說，有備無患真是太好了。」

左櫻指著屋頂的雙人床說道：

「我剛剛就躲在床底下喔。」

「……那竟然是伏筆嗎？」

不管多周延的計畫，總是會出現預料之外的發展。

左櫻看著背著無月陰的我，一言不發。

坦白說，她這樣的態度，讓我有些恐懼。

既然她剛剛躲在床下，想必她一定聽到了我和無月陰的對話，也看到了我開槍射殺無月陰的畫面。

傷腦筋啊。

不管是怎麼樣的藉口，都無法解釋這個異常行為。

自從接下「ＬＳ任務」後，我遭遇了許多危機，但這還是第一次——

我有了「ＬＳ任務」會失敗的預感。

平凡的奈唯亞在左櫻心中已化作泡影，之後的我，應該用怎樣的面貌和她相處呢？

「……………」

左櫻認真的看著我。

她是在編織責備的話語？還是在思考怎麼質問我？

抑或是——

她跟我已無話可說？

過了彷彿永恆的一瞬間後，她緩緩開口說道：

「奈唯亞，妳曾問我一個問題。」

「嗯？」

「妳曾問我——『白色死神，是否是個自私的人？』」

令我意外的是，左櫻並沒追問我任何事情。

「我對此煩惱許久，但我想我現在終於能回答妳的問題。」

「左櫻大人，現在根本不是說這個的時候——」

「聽我說。」

左櫻打斷我的話，露出不容質疑的笑容說道：

「好好聽我說，好嗎？」

「……………」

看到她如此堅決的態度，我也只好點了點頭。

「曾有一句話是如此說的：『發現自己睡著的人，在當下的瞬間，其實已經醒了一半。』」

「嗯。」

「同樣的道理，真正自私的人，自始至終都不會察覺自己的自私，因為他並不會考慮他人的心情。」

左櫻端正站姿、挺起胸膛，以身為左家公主的高貴姿態說道：

「所以，我是這麼認為的──」

「會說自己自私的人，在當下的瞬間，其實已經在顧及他人。」

「──────！」

左櫻的回答，讓我就像被電到一般愣在當場。

因為她的這種說法，就像是、像是──

就像是在說我其實並不是個卑劣的人。

「妳或許有妳的煩惱，也或許有想要隱瞞的事情，但是我不打算追問，也不打算強迫妳說出來。」

對我露出了溫柔的微笑，左櫻說道：

「之後相處的時間還很長，我會以自己的眼睛去確認，奈唯亞究竟是怎樣的人。」

「左櫻大人……」

「我只想跟妳說一件事。」

左櫻對我伸出了修長的指頭，堅定地說道：

「妳是我的。」

「…………………………咦？」

「妳是我的眷屬。」

「嗯、啊……」

對，當然是這個意思。

害我剛剛的心為之一亂。

「所以，記得回來。」

左櫻走到我的面前，牽起我的手認真說道：

「記得我一直在等妳。」

「……」

「不管妳跟誰走都沒關係，記得回來。」

「…………」

「不管妳要做什麼都無所謂，記得回來。」

「…………」

「不管妳是什麼樣的人都可以，記得回來。」

——**我想證明，我身上的魔法，是能帶給妳幸福的力量。**

「只要妳是我的眷屬，我的身邊就永遠有妳回來的地方。」

微微歪頭的左櫻，對我露出了信任無比的笑容說道：

「所以，等妳回來一起吃飯喔。」

「真是的……」

被左櫻打敗了。

「不是說無法使用魔法嗎？但這樣根本是犯規吧？」

那副閃閃發光的樣子，看起來跟使用魔法根本沒兩樣。

剛剛瀰漫在心中的疲憊和無力消失得無影無蹤，就像是一開始就不存在一般。

大量的方案在腦中展開，我確定了自己接著該做什麼。

「話說……」

我對著背在身後的人說道：

「該醒來了吧？」

「不愧是白色死神……一直在隨著時間成長呢。」

無月陰緩緩睜開眼說道：

「這次無法用裝死騙過你了呢。」

「開槍的人是我，我當然知道我做了什麼。」

剛剛對無月陰開槍時，槍中裝的是麻醉子彈，本來就不可能殺死她。

「吶……白色死神。」

無月陰在我耳邊悄聲說道：

「為什麼不殺了我呢？」

「妳以為我是個喜歡殺人的人嗎？」

雖然死在我手下的人確實不計其數，但那都是為了任務。

殺人會誕生恨。

恨會產生敵人。

在這樣的無盡循環下，我離夢想的平靜未來會越來越遠。

「留我下來，可是會造成你的麻煩喔……依照你的性子，應該會直接把我殺了才對啊……」

無月陰輕笑道：

「雖然我認為不可能……但你該不會對我們『陰晴圓缺』三姊妹產生了罪惡感吧？」

「從找到妳之後，我一直對一些事感到違和，然後在無月晴死掉後，這種不協調感越來越高，達到了顛峰。」

「嗯……？」

「我在金庫看到了『無名』的自白，在那個影片中，她將不死之祕徹底地說出來了。」

「知道真相後，你才有擬定對策的空間，這樣……難道不好嗎？」

「收到這樣的情報，對我當然是有利的，但最大的問題是——」

「影片中自白的無名，究竟是『陰晴圓缺』中的誰呢？」

「這個問題……很重要嗎……」

「當然很重要。」

「白色死神。」

我向他提出我這輩子第一次，也是唯一一次的願望。

「只要提出委託，你就願意保護任何人。」

我希望這個永恆的地獄結束。

月亮的陰晴圓缺永遠不會停止，但若我這個「圓缺」消失，可以確保其他姊妹永遠圓滿，那我會想成為那個句點。

「那麼——」

對著白色死神——也是我們一直尋覓的終點，我向他懇求道：

「若是我現在向你提出委託，希望你保護我，那麼你會選擇怎麼做呢？」

「從這段話來看，錄下這段自白的人應該是三姊妹中最小的妹妹——『無圓缺』。」

「不一定吧……所有無名的記憶是共有的……說不定是其他人假扮成她錄的啊？」

「不可能。」

「為什麼……？」

「因為期末考的干擾力場。」

一年前，因為期末考的通訊干擾。

無圓缺才得以短暫脫離「無」的枷鎖，向我提出這個委託。

之後，她又被我監禁了半年。

除了無圓缺外，其他無名不可能有這段記憶。

「若自白影片是無圓缺錄的，那就有一個疑點十分令人在意了，那就是——」

「她是在什麼時候錄下這段影片的呢？」

半年前，她應該被我殺死了。

「那麼……就是死前的瞬間？」

「半年前就預料到會拍下這樣的影片給我？這也太不合理了吧？」

「你到底……想說什麼呢？」

「無圓缺根本沒死。」

那時我所看到的無圓缺屍體，想必是她隨便找了一個屍體，然後將其改造成無圓缺的樣子吧。

——**要是連拍下自己的死狀都不會，當個隨扈可是活不下去的。**

只要是我擁有的技能，無名就一樣擁有。

「無月陰學姊。」

我轉頭看著露出淺笑的她，對她說道：

「不，應該這麼稱呼妳吧？『陰晴圓缺』中最小的妹妹，最先出現在我面前的特異種——」

「無圓缺。自從無月晴被我殺死後，妳就假扮成無月陰，一直跟在我的身旁。」

聽到我這麼說後，無月陰——應該說是無圓缺露出了笑容。

她將鏽著「陰」的圍巾反了過來，露出另一面的「圓缺」兩字。

「我就知道……遲早會被看穿的。」

無圓缺輕輕拍著我的頭說道：

「半年不見了，白色死神。」

「啊……真是好久不見了。」

我背著無圓缺逐漸往島外走去。

身後的人和我有著一樣的傷痕和技能。

感受著身後的重量和溫度，我有種將自己背起來的錯覺。

「白色死神……」

無圓缺將頭靠在我的肩膀說道：

「我必須跟你道謝。」

「我不記得我有做什麼讓妳道謝的事。」

「你不是殺了無月晴姊姊嗎？」

「妳很討厭姊姊嗎？」

「不。」

無圓缺輕輕搖了搖頭道：

「兩位姊姊是我的自我中唯一擁有的事物，除了白色死神外，她們就是我的全部。」

「那為何我殺了無月晴，妳還要跟我道謝？」

「呵……」

「……有什麼好笑的。」

「你明明就知道的……」

「知道什麼？」

「知道無月晴姊姊已經時日無多了。」

「…………」

我的腦中憶起了她那有氣無力的說話聲，以及因為服毒而變得透明的肌膚。

「不是所有人都跟我一樣幸運，可以脫離『無』那無盡的輪迴。在『無』的種種折磨下，無月晴姊姊的身體本就瀕臨崩潰……在上一次『聖誕祭』後，她又被逼得要取得新技能。」

「『耐毒性』……是嗎？」

「雖然表面上什麼事都沒有，但她內部早已破爛不堪，再也無可挽回……看到她這樣，你才決定殺了她的，不是嗎？」

「別說得好像我是為了她才這麼做的好嗎？妳明明知道我不是這麼好的人。」

「我就是你，對我說謊可是沒有用的喔……」

無圓缺閉上眼，輕輕說道：

「與其讓她因為中毒而無意義的死去，不如讓她死在一直追尋的目標手中——你明明就是這麼想的。」

腦中浮現了無月晴死掉時的畫面。

明明被我槍殺，但她還是露出了滿足至極的神情——

就像是在跟我道謝。

「妳不是我。」

我搖了搖頭說道：

「別擅自推斷我的想法。」

「那麼……就當作是這樣吧。」

我和無圓缺繼續向前走。

照理說，我應該把她放下來的，但是不知為何，我並沒有選擇這麼做。

「吶，無圓缺。」

「什麼事呢……？」

「真正的無月陰怎麼了？」

「無月陰姊姊她已經死了。」

「怎麼死的？」

「很普通的……受不了『無』的折磨而死。」

沒有任何特異的轉折，也沒有任何驚心動魄的發展。

她就這樣平淡地死了——就跟大多數的無名一樣。

「我說過了……」

無圓缺輕輕地嘆了口氣道：

「並不是所有人都跟我一樣幸運……」

「幸運……是嗎？」

三姊妹中，只剩下一人活了下來。

只能眼睜睜看著自己的兩位姊姊死去。

這樣的人生，真的能算是幸運嗎？

「半年前，我來到了左獨當家面前，求她給我一段新的人生。」

「然後呢？」

「她給了我不少建議和幫忙，所以我才能在無月晴姊姊死去後，化身成無月陰姊姊。」

無圓缺撫著圍巾上另一面的「陰」字說道：

「我早已決定……要以無月陰姊姊的身分被你殺死了。」

「為什麼？」

「就跟無月晴姊姊一樣，我認為這是無月陰姊姊一直以來渴求的結局和幸福。」

或許是因為反射了天空的蔚藍，無圓缺的雙眼中似乎有著迷濛的水氣。

「所以，我想代替她達成夙願……這是我對無月陰姊姊的憑弔，也是我唯一能為她準備的禮物。」

「不過妳的計畫最終還是失敗就是了。」

察覺到不對勁的我，選擇了不殺死無月陰。

也是因為留下了她，我才有了和「無」對抗的本錢。

「我可不會這麼簡單就被人利用。」

若是將自己和死人的悲願擺在天平的兩側，我會毫不猶豫地選擇自己。

「是啊，你一直都沒變，一直都是我所認識的卑鄙小人。」

不知為何，每次這樣責罵我時，無圓缺都會露出笑容。

「想要利用你達成姊姊的願望……這樣的我像是你了嗎？」

「還差得遠呢。」

「果然嗎……」

「既然無法達成無月陰的遺願，接著妳打算怎麼做？」

「這還用說嗎？」

一道風吹了過來，拂動了無圓缺的圍巾。

「既然我是白色死神的複製品，那我也只能有一個選擇了吧。」

無圓缺露出了和我很像的奸險淺笑。

「我要為了自己而活。」

目的地即將抵達。

我的前方，有著抱著雙手的代理左獨，以及看起來就像是事前準備好的直升機。

左獨這個老狐狸。

她早就料到事態會變成這樣，所以才在一旁大力地協助無圓缺。

她不只得到了無圓缺這個棋子，還用她的情報減低了我「ＬＳ任務」的酬勞。

最後甚至還誘使我和無圓缺去打擊和「右」同盟的「無」。

仔細想想，會發現她拿盡了所有好處，卻什麼損失都沒有。

「白色死神……」

在即將登上直升機時，無圓缺在我耳邊悄聲說道：

「我跟左櫻不同，自始至終，我都認為你是個自私的人。」

「嗯。」

「但是，即使自私又如何？」

無圓缺雙手環抱著我的脖子說道：

「至少，我就很喜歡你的自私。」

「…………………………………………………………為何？」

「因為自私的人，想必是最愛自己的人吧？」

「而我一直以來的人生中，都是為了成為你而存在的。」

「……………………」

——自私的我，永遠只會為了自己而活。

「遲早有一天，我會成為和你相同的存在。」

——當哪天你成為和我相同的存在時，即使不用你委託，我也會行動的。

「那麼當那天到來時……」

無圓缺輕輕地摟了一下我的脖子說道：

「你要成為最愛我的人喔。」

終章

我是「無」之首領，暗鐮。

我擁有龐大的資金，底下也有著無盡的殺手。

不管是誰聽到我的名字都會發抖，不管是誰看到我都會忍不住求饒。

但是為何呢？

為何事情會變成這樣？

「想不到吧？」

我一直仰賴的左右手——蒙面殺手脫下了面罩，露出了真面目。

「我一直在你身邊喔，暗鐮大人。」

面前的人穿著三件式西裝，有著一頭純白的頭髮。

我一直以來想要複製的白色死神——海溫，原來一直藏在我的身邊嗎？

我努力握拳壓抑住內心的激動，裝作若無其事地問道：

「蒙面殺手是什麼時候被幹掉的？」

「大概是半年前吧。」

「不可能！」

我一個揮手大聲說道：

「這半年來，我一直有派『無名』和你對戰，就連前幾天在雙之島時，你不也親手殺了名為無月晴的無名嗎？」

「所以呢？」

「雖然不是全部時間都在，但蒙面殺手這些時段，都會時不時的出現在我身邊，就算你再神通廣大，也不可能同時出現在兩個地方吧？除非——」

我的話說到一半，就像被掐斷一般消失在半空中。

莫非白色死神跟無名一樣？是一個巨大的團體？

「哈哈，這是不可能的。」

彷彿看穿了我的心聲，我面前的白色死神搖了搖手道：

「你認為像我這樣的特殊個體，這個世界可能出現第二位嗎？」

「有道理……」

雖然這句話乍聽之下很狂妄，但就是因為由海溫嘴中吐出，聽起來才無比有說服力。

「要是連分身術都辦不到，身為隨扈可是活不下去的喔。」

「……………」

這聽起來實在很胡鬧，但我不可否認在剛剛的一瞬間，腦中確實浮現了「這傢伙說不定真有可能做到」的想法。

他之所以能同時出現，依常理想，應該是某個和他相等的個體，假扮成了蒙面殺手才對。

但這世界真有跟他等價的存在嗎？

不過，這個疑惑還是先擺在一邊吧。

現在並不是深思這個問題的時候。

「那麼，你出現在這邊是想做什麼？」

我看著臉上帶著悠哉笑容的海溫問道：

「是想要刺殺我嗎？」

「你的命對我來說毫無價值，真要這麼做的話，我才不會刻意現出真面目給你看。」

「那麼……就是來阻止『無名計畫』的囉？」

「是啊。」

聽到他這麼說，我不由得在他看不到的地方，做出了勝利的手勢。

乍看之下我似乎是陷入了危機。

但其實正好相反。

我終於將白色死神逼到了這個地步。

他此時此刻站在我面前，正是「無名計畫」有效的最好證明。

要不然他也不用來阻止我了。

只要堅持下去，我遲早能創造出另一個白色死神來。

「即使殺了我，你也是無法阻止『無名計畫』的。」

螞蟻無法摧毀大象，就像個體永遠無法抗衡組織。

「就算現任暗鐮死了，下一任暗鐮也會繼任。」

「我知道。」

「除非你將『無』的所有人殺光，要不然就一定會有新的暗鐮誕生，但你辦得到這種事嗎？」

「當然辦不到。」

「那麼，你就是想要摧毀『無名計畫』的數據囉？」

我露出奸笑道：

「太天真了，這些數據已經複製多份，也藏在了許多地方，要完全將這些紀錄消除是不可能的。」

花費十年和十萬人，我們終於靠著「無名計畫」觸及到了海溫的背影。

反正消耗品要多少有多少。

只要再精簡一下計畫數據，再配合適當的材料──對，這次就將全世界的多胞胎綁架來。

這樣只要再三年……不，說不定只要一年。

我們就能成功地完成超越他的存在。

「哈……」

念及此處，我不由得大笑！

「哈哈哈哈哈哈──────是你輸了！白色死神海溫！」

「……」

「你沒有任何阻止『無名計畫』的方法，你只能眼睜睜地看著複製品誕生。」

「……………」

「只要計畫成功的那瞬間，我就能以同樣的流程完成白色死神大軍，一舉登上裡世界的頂點，進而掌控整個世界！」

這就是我花了這麼大的代價也要實行「無名計畫」的原因。

到了那個時刻，不管是「右」還是「左」都要拜倒在我面前！

「暗鐮大人，你是不是誤會了什麼呢？」

雖然依循蒙面殺手的稱呼，稱呼我為大人，但總覺得他語帶諷刺。

「你為何這麼篤定，你手上的數據是有意義的呢？」

「……什麼意思？」

「不管你付出多少代價，你都無法產出如白色死神一般的複製體的。」

「現在是走投無路，開始想要用花言巧語誤導我了嗎？」

「才不是呢，這只是單純地陳述事實。」

海溫搖了搖手，突然間收起了微笑，臉色一冷。

「你是憑什麼認為，只要透過努力和犧牲，就能創造出和我並駕齊驅的人？」

「……」

「……………」

「你以為你看過我認真起來的模樣嗎？」

「你以為你認識的白色死神就是全部嗎？」

「你那些累積的數據，全數是派不上用場的廢物，接著我就會以行動好好向你證明。」

「……………」

我很想張口反駁。

但海溫那股熾烈且冰冷的殺氣撲面而來，壓得我一句話都說不出來。

「現在你明白我出現在你面前的原因了嗎？」

踩著堅硬的皮鞋，海溫一步一步地走到我面前說道：

「我是來嘲笑你的徒勞。」

看著海溫越走越近，我的呼吸開始不順，身子也不由得繃緊。

「我根本不想殺你，因為我想讓你活著——活著見證自己的愚蠢。」

我在害怕嗎？

身為奪走無數人命的殺手之王，我竟然會怕區區一個人類？

「接著，請睜大眼睛看清楚吧。」

海溫伸出手指，微微抬起了我的下巴，強迫我看著他的雙眼。

「看清楚白色死神是怎樣的人。」

他的雙眼非常深沉，不管怎麼看都看不到底。

「我是傳說中的隨扈，名為白色死神的存在，同時也是——」

「你光是想觸及，就會以死亡懲罰你的恐怖存在。」

以他的這句話為開端。

在「無」的歷史中，那名為「二月地獄」的惡夢開始了。

「暗鐮大人，法國支部的人全數被槍殺而死！」

「暗鐮大人，德國支部的基地爆炸，全部人都被炸死！」

「暗鐮大人，美國支部的人出外用餐，也不知道白色死神是怎麼做的，所有人同一時間被毒死了！」

「暗鐮大人，英國支部的人喪失音信，去確認的人發現他們以各式各樣的方式自殺而亡。」

「暗鐮大人，日本和澳洲支部在同一時刻滅亡，倖存下來的人說的都一樣——『摧毀他們的是白色死神』。」

整個二月，這樣的報告不絕於耳。

一開始時，我還沒意識到事情的嚴重程度，僅是派出了大量殺手想要捕捉海溫。

我想要用群體和組織的暴力壓垮他。

但事後證明，我的想法是多麼天真。

海溫只有一個人，若是真的想要藏起來，以他的技術和實力，我們根本不可能找到他。

但是相反的，「無」是個笨重的組織，我們無法做到徹底隱藏蹤跡。

當我們在A嚴加戒備時，海溫就會出現在B。

當我們在B嚴加戒備時，他就會出現在C。

若是我們全部地方都加強戒備，他就會按兵不動。

但是，只要有任何一絲破綻出現，等在我們面前的就是全滅的結局。

在這樣的情況下，所有人只能二十四小時繃緊神經戒備，但這樣的過度緊張反而導致了疏忽大意，讓海溫逮到機會攻擊。無法理解的慘敗發生後，大家只好更加緊張——

負面循環不斷持續，就像是「無名計畫」的輪迴一樣。

海溫不斷地躲在暗處進行游擊，而「無」只能被動地累積無法承受的傷害。

當然，我們不可能坐以待斃。

我們曾布下所能想到的最精巧陷阱，成功地將海溫逼到絕路。

但當我們確信勝利到手的那刻——

另一個海溫突然出現了。

他輕輕鬆鬆地摧毀所有人，並以嘲諷的表情告訴我們，前一個海溫只不過是誘餌而已。

「簡直就像……同時跟兩個白色死神進行戰鬥。」

也就是說，之前我所看到的他，只不過是他實力的一半？

花費了這麼長的時光，累積了這麼多的屍體，我們離抵達終點，不過只走了一半路程？

「不對……」

因為已經多天沒睡，我感到腦中一片混亂。

「誰能保證我現在看到的，就是白色死神的全部呢？」

若現在只是他實力的十分之一呢？

——你是憑什麼認為，只要透過努力和犧牲，就能創造出和我並駕齊驅的人。

「他說得對……」

——你那些累積的數據，全數是派不上用場的廢物。

「我真是愚蠢。」

在這個二月，「無」已有太多人喪命了。

但這還不是最可怕的。

最令人恐懼的，是籠罩整個組織的絕望。

不管是怎樣的技術和殺人技巧，在白色死神面前都彷彿不值一提。

殺手的本質，正被他從根本之處狠狠地踐踏。

「再這樣下去……」

「無」會毀滅的。

「我曾以為個人無法和組織抗衡，但是我錯了。」

白色死神不是個人。

他是怪物。

是能讓人體驗地獄的怪物。

我最大的錯誤，就是誤以為我能駕馭和複製這樣的怪物。

「告訴白色死神。」

睜著充滿血絲的雙眼，我以沙啞的聲音向部下說道：

「我們會中止『無名計畫』，所以、所以……」

我深深地低下頭，雙手緊緊抓著頭髮說道：

「所以……放過我們吧……」

終章之後

「我回來了！」
我雙手高舉！
歷經一個月的裡世界生活後，我終於回到了雙之島！
順道一提，因為不想暴露真實身分，我現在是奈唯亞的打扮。
「我……回來了……」
我身旁的無圓缺做出了和我一樣的動作。
「喂，別學我。」
「也不想想是多虧了誰，你才能順利度過這個一月。」
「妳不是說妳就是我嗎？所以這當然是多虧了我自己！」
我看著圍巾隨風飄揚的無圓缺，認真說道：
「既然是自己救自己，那就不該要求任何報酬，甚至連要求請吃飯都不行，因為這是應該的，懂嗎？」
「只在方便自己時認同我的說法……」
無圓缺將臉的下半部藏在圍巾，隱藏自己的微笑說道：

「真是個卑鄙小人……」

「不過損失還真是大啊。」

這一個月來幾乎都沒睡，每分每秒都過著只要放鬆一瞬就會死亡的生活。

「結果回來島上後，發現寒假已經結束了，『以舊換新』活動也沒參加到。」

期末考在那之後似乎擇期舉辦了，雖然我通過了左獨的期末考，但是活動舉辦當天，我還在跟「無」廝殺，無法參加活動。

一想到「無」那些混蛋害我無法更新「LS任務」的酬勞，我殺起他們就變得更加起勁了，似乎讓他們不少人留下了心靈創傷。

當然，不只我和無圓缺在跟「無」戰鬥，「左」也在情報和後勤部分幫了大忙。要不是有左獨的偷偷支援，我也無法將「無」毀滅到這種程度。

不過從那些充足的物資和情報調查來看，左獨大概連這樣的演變都算到了。

最終，「無」的實力被大幅削弱，「右」也失去了一個好用的合作夥伴。

雖然表面上是我在活躍，但這場棋局，真正的掌棋者是左獨。

果然跟我一開始的印象一樣，是個可怕至極的人。

「這麼努力，結果什麼報酬都沒拿到。」

「…………（指）」

不知為何，無圓缺跑到我面前，伸手指了指自己。

「……做什麼？妳該不會要說我拿到的報酬是妳吧？」

「（點頭點頭）。」

「妳什麼時候變這種無口角色了？」

「咦……話說回來，我原本是什麼個性來著……」

「…………………」

「唉呀～～死相啦～～奈唯亞，不要突然沉默下來。」

「妳原本絕對沒有這麼輕浮吧？」

「放肆！竟然對孤大放厥詞，來人啊，拖出去斬了！」

「妳根本沒有心要把自己的個性固定下來吧？」

因為過去曾裝入太多人的記憶和人生，這傢伙的人格和自我常常這樣飄來飄去。

這時，她通常都會選擇這麼做。

「啊……」

她碰了一下我的手，露出安心的表情說道：

「我是人渣，對，我原本應該是個下流的人才對……」

「我是不會否定妳，但聽妳當面這麼說，還是挺讓人火大的。」

這傢伙會藉由碰觸我，想辦法找到自己是誰。

因為現在已沒有其他姊妹可以讓她意識到自我了，所以這也是沒辦法的事。

「無圓缺。」

「嗯……？」

「現在的妳是誰呢？」

「在你眼中，我是誰呢……」

「……」

「我看起來像是『無名』嗎？」

我們面對面，重複了一年前的對話。

但是，這次的答案似乎有所不同。

在整個二月，她與我一同將「無」逼到了絕境。

不只「無」他們認為，有兩個白色死神存在。

「與其說妳像是無名……」

所以，我向她這麼說道：

「不如說妳更像是我吧。」

「太好了……」

這瞬間——

「能聽你這麼說，那真是太好了……」

我彷彿看到了「陰晴圓缺」三姊妹，同時對我露出了笑容。

「你終於回來了……」

當我回到原本居住的老師宿舍後，左歌疲憊地向我說道：

「你都不知道我有多期待你回來。」

「嗯……？」

左歌會這麼說也太奇怪了吧？

俗話說失去了才懂得珍惜，該不會——

「妳終於發現了我的好嗎？」

我趕緊大力搖手說道：

「等一下！我對妳完全、沒有任何一絲那個意思，求妳放過我吧。」

「為什麼誤會我對你有好感是這個反應！」

「應該說只能有這個反應吧。」

「啊啊，真是糟透了，一件好事都沒有。」

左歌抱著雙膝縮到了角落說道：

「不但期末考沒有通過，整個寒假也完全沒放到假。」

「為什麼？」

妳還真是有種，竟敢在和「無」全面開戰的人面前，說自己完全沒放到假啊。

「因為大小姐啊……」

「嗯？左櫻大人？」

「雖然表面上一如往常，但只要是和我兩人獨處時，她就會現出真面目，一邊以空無的雙眼看著遠方，一邊喃喃唸著『奈唯亞、奈唯亞、奈唯亞……』」

「……」

「等到一個星期過去後，她開始將我看成是奈唯亞，不只餵我吃飯，有時甚至會要求我摸摸她的頭，晚上睡覺時，也要求我在她身旁陪睡。」

「……………」

「然後，終於在上星期——」

左歌雙手掩面說道：

「她叫我穿上妳的制服和戴上妳的面具了。」

「……………………」

「在大小姐的眼中，真正的左歌，似乎哪裡都不允許存在……」

這應該是「無名」的臺詞吧？

「總之，真是難為妳了。」

我收回前言。

妳確實有資格在我面前抱怨。

「大小姐在她住的地方等你。」

看起來搖搖欲墜的左歌，指著門外說道：

「快去——呼。」

可能是太過疲憊了，左歌話還沒說完，就陷入了深沉的睡眠中。

「辛苦了。」

我輕輕拍了拍她的頭，拿了條被子給她蓋上。

我本以為左櫻看到我可能會暴走，或是做出一些誇張且出格的言行。

只是出乎我意料的，她的態度跟以往一樣。

「歡迎回來。」

她打開門，以溫暖的微笑對我這麼說道。

「飯菜已經準備好了喔。」

等在我面前的，是擺滿一整張桌子的大餐。

只是，也不知道是不是左櫻刻意為之，那些餐點並不是平常午餐會出現的高級食材。

炒菜、炸雞塊、味噌湯——

全部都是一般家庭中可見的家常菜。

「奈唯亞開動了。」

既然左櫻一如往常，那我也選擇了和以往一樣。

我和她開心地一邊吃飯一邊聊著天，誰都沒有觸及二月和無圓缺的事。

雖然有些怕自己的真身被發現，但畢竟冷落了左櫻整整一個月。

於是，我選擇了當晚在她的住處留宿。

當聽到我這個決定時，左櫻似乎感動得要流下淚來。但在最後一刻，她用力地咬破了下嘴唇，強制地忍了下來。

不愧是左家的繼承人，其忍耐力果然非凡。

這樣看來，也是因為信任左歌，所以才在她面前露出真實的模樣跟她撒嬌吧。

當晚，左櫻為沐浴完後的我吹了頭髮（雖然是假髮）。

穿上她準備的睡衣後，我和左櫻躺在同一張床上。

這一個月來累積了大量的疲勞，只要一閉上眼，似乎就會再也醒不過來。

「奈唯亞。」

可能是看穿了我很疲憊吧，明明是難得的機會，左櫻卻完全沒要跟我聊天的意思。

「安心休息吧。」

她輕輕拍了拍我的頭，為我拉上了被子。

隔日，我的元氣完全恢復了。

雖然有留意左櫻會不會藉機偷碰我，但她意外地有分寸，整個晚上似乎都只是看著我睡著的側臉，一夜未眠。

到了即將天亮時，她才終於睡去。

因為是假日，學校沒有上課，也不急著叫她起床。

於是我獨自起床，為她打掃房間和做了飯。

到將近中午時，左櫻才揉著惺忪的睡眼起床，看來這陣子她也都沒睡好。

這樣下去不是辦法。

要是再持續這狀況，她哪天暗自流淚，導致我被扣款都是有可能的。

不能讓她繼續累積壓力了。

「左櫻大人。」

在和她一起吃中餐時，我決定給她一個交代。

「其實，奈唯亞有事瞞著妳。」

「嗯。」

雖然表面上不動聲色，但我注意到她拿著筷子的手開始用力。

她大概是把那個當作轉換人格時握著的木柄扇了吧。

「奈唯亞是左獨當家從島外請來的隨扈，負責暗中保護妳的生命安全。」

「原來如此……」

她似乎不意外，大概是在這些日子獨自思考，得到了答案。

「妳在屋頂看到我射殺的對象，其實是假扮成同班同學，想要對妳不利的殺手。」

「所以奈唯亞才將她排除了，是嗎？」

「是的，那名殺手已經被奈唯亞處理掉，真正的同班同學無圓缺，明天就會回去上課。」

解釋到這樣應該就可以了吧？

雖然以暴露了一部分真身做為代價，但是這樣的說詞，應該可以在圓謊的前提下，又不妨礙我進行「LS任務」。

但不知為何，左櫻的薄唇微微一動，就像是想問什麼又不敢開口的模樣。

「奈唯亞，我只想問一個問題……」

過了不知多久後，她以似乎要捏斷筷子的力道緊握筷子，以壓抑的聲音問道：

「妳是因為左獨給予的任務，所以才想接近我，對我展現好感的嗎？」

「…………………………」

左櫻的雙眼中，蓄著滿滿的不安。

看到她這模樣，本來想要用花言巧語帶過的我決定放棄。

「一開始時確實是如此。」

「……」

左櫻的臉瞬間變得毫無血色。

「但當左櫻大人對奈唯亞施展魔法後，這情況就改變了。」

我對她露出微笑說道：

「奈唯亞是妳的眷屬，一直到現在，奈唯亞都對這個身分感到幸福。」

「也就是說——」

「我雖然背負著任務，但現在我對妳所擁有的感情，早已跟任務無關。」

看著愣住的左櫻，我深吸一口氣，認真說道：

「所以，請妳明白，我現在對妳的好感，單純是因為妳這陣子對我的盡心付出。」

「——！」

「在我眼中，妳早已不是左家公主——」

「而是左櫻大人——我最好的朋友。」

就像是親眼目睹了一朵花從花苞盛開。

我看到了左櫻雙手捧著羞紅的臉龐，露出了幸福的笑容。
雖然是難得的真心話，但這樣總算是守住了閨密的地位了吧。
至於提得太高的好感度，我也早已想好了對策。
「對了，左櫻大人。」
我裝作若無其事地說道：
「奈唯亞還沒跟妳解釋我跟白色死神之間的關係呢。」
「沒關係，妳有空再說，沒說也沒關係。」
像是心情很好的左櫻，已經開始晃著身子哼起了歌。
「不行，這很重要。」
「嗯，妳儘管說，我會聽的。」
「之前左櫻大人不是這麼問我嗎？」
——**奈唯亞，妳跟白色死神很熟嗎？**
「其實，我跟海溫先生是舊識，從小一同長大。」
「原來是青梅竹馬啊～～～～」
「然後，他是我的未婚夫。」
「嗯嗯，未婚夫————————咦？」
——鏘！

被瞬間石化的左櫻，手中的筷子從手中滑落，掉到碗盤中發出了清脆的聲響。

——那麼，妳很討厭他嗎？

左櫻說，我並非自私的人；無圓鈌說，她覺得我是個自私的人。

但不管真相如何，我想我對自己的想法都是如此吧——

「奈唯亞將白色死神視為最重要的存在。」

看著靈魂已經不知飄去哪裡的左櫻，我露出有如小惡魔的笑容，給了她最後一擊。

「我愛著他，愛到想要和他共度一生的程度。」

「ＬＳ任務」最終會如何，我不知道。

——「若是純粹的愛戀，等於是在向對方熱情述說『妳是個很好的人』，怎麼可能會有人對這樣的感情困擾呢。」

或許白鳴鏡說的是對的，多虧了這個任務。

本來就自私的我，似乎又變得更喜歡自己一些了。

這瞬間，看著失魂落魄的左櫻，我第一次冒出了一個想法——

當初有接下「ＬＳ任務」真是太好了。

終章之後 白鳴鏡

我──白鳴鏡。

整個二月都在看著有關奈唯亞的書面報告。

因為左獨當家的命令，我們親衛隊擔任了她的後勤支援。

直到那時，我才明白她那句話的意思。

──明明就連奈唯亞是什麼樣的人都沒看穿。

僅憑著一個人，就徹底地將名為「無」的殺手組織打敗。

雖然她的手段很凶殘，殺的人也十分多，行事更稱不上是光明磊落。

「但是……比起她，我又做了什麼呢？」

我認定「無」才是真正的惡，但是整個二月，我又做了什麼？

──實力不足就想拯救他人，不過是種傲慢喔。

只會說漂亮話的我，又有什麼資格去指責奈唯亞？
真正弄髒雙手的是她，最終保護無圓缺的也是她。
而且，將「無名計畫」中止，拯救所有無名於地獄中的人，也毫無疑問的是她。
「這份報告書，沒有影像真是可惜了……」
似乎是沒有人能拍到奈唯亞戰鬥模樣的關係。
雖然有傳聞說似乎看到兩個奈唯亞在戰鬥，但這應該是誤報吧。
那樣的怪物，怎麼想都不可能有兩個。
「奈唯亞是白色死神嗎？」
我一直憧憬的存在，行事不可能這麼卑鄙。
但是為何呢——
這樣的奈唯亞，在我眼中看起來閃亮無比。

——**為了活下去而欺騙、說謊、背棄他人**——**這才是，能保護他人的人。**

我不知不覺地開始追尋奈唯亞，將目光鎖定在她身上。
等到我察覺時，我已經站在了她面前。
「奈唯亞。」
心不知為何跳得很快。
可能是不知為何被叫出來吧，奈唯亞的表情有些疑惑。

看著她那可愛的表情，我心中的衝動化作言語，在我控制不了的狀況下脫口而出。

「奈唯亞，如果可以的話——」

「妳願意跟我交往嗎？」

心跳快到就像是要跳出嘴巴，跟此時的緊張一比，以前站在左櫻面前告白的事，看起來就像是假的。

「……………」

不知為何，面對我的表白，奈唯亞露出了一副「事情為何總是會變成這樣」的絕望表情。

（第二卷完）

後記

小鹿：「我的編輯沒有離職！」

海溫：「天啊！」

小鹿：「完了！」

海溫：「世界末日降臨了！」

小鹿：「啊啊……我不如去死算了。」

左歌：「……你們這股絕望感是怎麼回事？編輯沒離職不是一件好事嗎？」

小鹿：「唉……」

海溫：「所以說表姊就是不行啊……」

左歌：「為什麼我要被你們用同情的眼神給責備？」

海溫：「妳難道不知道事態有多嚴重嗎？」

左歌：「多嚴重？」

小鹿：「妳想想，要是責編沒有離職——」

小鹿：「那我後記要寫什麼呢？」

左歌：「寫點一般後記會寫的東西啊！」

小鹿：「對我來說所謂的『一般』，就是在後記中消費責編！」

左歌：「妳的一般聽起來很特殊。」

海溫：「編輯真的很過分！為了扼殺作者的創意，竟連不離職這種卑劣的手段都使出來了嗎！」

小鹿：「啊啊，末日降臨了……都是責編這麼盡責，才害得我寫不出稿子來。」

左歌：「我已經搞不懂你們是稱讚他還是在罵他了。」

海溫：「竟然他要這樣搞我們，那我們就在後記搞回去！」

小鹿：「沒錯！我就在後記寫一些一般作者會寫，什麼近況交代、下一本出版時間之類的——那種一般讀者根本就不感興趣的無聊東西！」

左歌：「妳注意一下妳的發言！」

小鹿：「我很好，下一本預計十月（偽）。」

海溫：「天啊！怎麼可以這麼無趣——就跟其他作者寫的後記一樣！」

左歌：「你們根本是在藉機罵其他作者吧！」

小鹿：「感謝責編、尖端出版和插畫家佩喵老師，多虧了這些人的努力，這本書才得以順利出版。」

海溫：「竟、竟然說出這種徒有表面功夫的謝詞，小鹿！妳真的要這麼虛偽嗎？妳這樣跟在網路平臺上說『我最愛的人就是我的粉絲』的作者有什麼不同！」

左歌：「…………」

小鹿：「若是順利，十月我自製的遊戲就會有資訊出來了，歡迎前來粉絲頁和小鹿的個帳查看相關訊息。」

海溫：「遊戲比這本輕小說有趣許多喔！」

左歌：「竟然還拿出版品宣傳自己的東西！你們要不要臉啊！」

小鹿：「誰叫責編不給我消費。」

海溫：「在責怪別人之前，先想想自己是多麼盡責好嗎！」

左歌：「為何我每次都要應付這兩個人渣，而且仔細想想，你們這篇後記其實主題還是在消費責編啊！」

浮文字

天啊！這女高中生裙子底下有槍啊！(02)

著　　者／小鹿
封面插畫／佩喵
榮譽發行人／黃鎮隆
總經理／陳君平
協　　理／洪琇菁
執行編輯／楊國治
美術編輯／陳聖義
文字校對／施亞蒨
國際版權／黃令歡、梁名儀
內文排版／謝青秀
企劃宣傳／楊玉如、洪國瑋

出　　版／城邦文化事業股份有限公司　尖端出版
台北市中山區民生東路二段一四一號十樓
電話：（〇二）二五〇〇—七六〇〇
傳真：（〇二）二五〇〇—二六八三
E-mail：7novels@mail2.spp.com.tw

發　　行／英屬蓋曼群島商家庭傳媒股份有限公司城邦分公司　尖端出版
台北市中山區民生東路二段一四一號十樓
電話：（〇二）二五〇〇—七六〇〇（代表號）
傳真：（〇二）二五〇〇—一九七九

中彰投以北經銷／楨彥有限公司（含宜花東）
電話：（〇二）八九一九—三三六九
傳真：（〇二）八九一四—五五二四

雲嘉經銷／智豐圖書有限公司　嘉義公司
電話：（〇五）二三三—三八五二
傳真：（〇五）二三三—三八六三
客服專線：〇八〇〇—〇二八—〇二八

南部經銷／智豐圖書有限公司　高雄公司
電話：（〇七）三七三—〇〇七九
傳真：（〇七）三七三—〇〇八七

一代匯集／香港九龍旺角塘尾道六十四號龍駒企業大廈十樓B&D室
電話：（八五二）二七八三—八一〇二
傳真：（八五二）二五八二—一五二九
E-mail：hkcite@biznetvigator.com

新馬經銷／城邦（馬新）出版集團Cite（M）Sdn. Bhd.
E-mail：cite@cite.com.my

法律顧問／王子文律師　元禾法律事務所
台北市羅斯福路三段三十七號十五樓

二〇二〇年八月一版一刷
二〇二一年十二月一版二刷

■中文版■

郵購注意事項：
1.填妥劃撥單資料：帳號：50003021戶名：英屬蓋曼群島商家庭傳媒(股)公司城邦分公司。2.通信欄內註明訂購書名與冊數。3.劃撥金額低於500元，請加附掛號郵資50元。如劃撥日起 10～14日，仍未收到書時，請洽劃撥組。劃撥專線TEL：(03)312-4212 ・ FAX：(03)322-4621。E-mail：marketing@spp.com.tw

國家圖書館出版品預行編目資料

天啊！這女高中生裙子底下有槍啊！/ 小鹿作. -- 1版. -- [臺北市] : 尖端出版 : 家庭傳媒城邦分公司發行, 2020. 08-

面； 公分

ISBN 978-957-10-9061-0 (第2冊：平裝)

863.57 109008740